名师导读美绘版

刘慈欣 著

微纪元

叶开 导读

长江出版传媒

长江文艺出版社

图书在版编目（ＣＩＰ）数据

微纪元 / 刘慈欣著. -- 武汉：长江文艺出版社，
2017.6（2019. 3 重印）
　（暖心美读书：名师导读美绘版）
　ISBN 978-7-5354-9260-9

　Ⅰ. ①微… Ⅱ. ①刘… Ⅲ. ①科学幻想小说－小说集
－中国－当代 Ⅳ. ①I247.7

中国版本图书馆 CIP 数据核字(2017)第 051746 号

责　　编：施柳柳　　　　　　　责任校对：陈　琪
整体设计：一壹图书　　　　　　责任印制：邱　莉　刘　星

出版：长江出版传媒　长江文艺出版社
地址：武汉市雄楚大街 268 号　　　邮编：430070
发行：长江文艺出版社
电话：027—87679360
http://www.cjlap.com
印刷：湖北新华印务有限公司

开本：720 毫米×1020 毫米　　1/16　印张：14.875
版次：2017 年 6 月第 1 版　　　2019 年 3 月第 3 次印刷
字数：155 千字

定价：26.00 元

相信精神，相信文学的力量

——《暖心美读书》（名师导读美绘版）总序

王泉根

阅读决定高度，精神升华成长。

阅读是生命的重要组成部分。人生的阅读史就是给生命打底的历史、精神发展的历史。在今天这个网络阅读、手机阅读、图画阅读已经成风的多媒体时代，图书阅读依然显得十分重要，静静地捧读书本的姿态，依然是一种最迷人、最值得赞美的姿态。

少年儿童的精神生命如同夏花般蓬勃开放生长。认知、想象、情感、道德、审美、智慧，是给少年儿童精神生命打底的重要内容，也是阅读的重要内容。从优美的、诗意的、感动我们心灵的文学经典名著中，感悟道德的力量、审美的力量、艺术的力量、语言的力量，保卫想象力，巩固记忆力，滋养我们精神生命的成长，这是文学阅读的应有之理，应获之果。

长江文艺出版社奉献给广大小读者、同时也适合大读者阅读的这一套文学精品书系，我更愿意把它作为"经典"来解读。

界定"经典"是难的，如同"美是难的"一样。我曾在一篇文章中，对"文学经典"作过如下表述："所谓文学经典，就是那些打败了时间的文字、声音、表情，那些影响我们塑造人生，增加底气，从而改变我们精神高度的东西。"显然，文学经典是可以装上我们远行的背囊，陪伴我们一生的。因为，人的一生，在任何年龄，任何时空，都需要增加底气，增加精神的高度，这样的人生才不会在时间的潮汐中虚度遗恨。

经典阅读既是高雅的阅读行为与文学享受，但同时也是一种人文素养的养成性教育。对于一个正在发育和成长中的少年儿童，单有学校的教材教育是远远不够的。成长中的少年儿童，正处于"多梦的年代"，也处于"多思的年代"，他们正在逐步形成独立思维和个体情感，对自己所处的环境和未来发展需要有客观的认识与准备，需要养成积极乐观的人生态度、抗拒挫折的意志和能力，当他们今后走上社会与职场，独立面对自己的现实，独立承受自己的未来时，才不会茫然失措、无从应对。而这些精神"维生素"与人生智慧，往往深藏在经典名著之中。因而经典可以使人终身受益，在人的一生中发挥潜移默化的精神灯火作用。

长江文艺出版社奉献给广大读者朋友的这一套《暖心美读书》（名师导读美绘版），从文学史、精神史、阅读史的维度，萃取百年中外文学经典名著于一体，立足于少年儿童的阅读接受心理与精神追求，邀请名师进行导读，邀请画师配以美绘，从选文内容、文学品质、文体类型、装帧设计、图文配制等各个环节，都做到了目前能做到的"最高"功夫，可以说这是一套为新世纪的读者特别是广大少儿读者"量身定做"的文学精粹。

耶鲁学派的代表人物布鲁姆说："没有经典，我们就会停止思考。"经典的永恒价值在于凝聚起现实与历史、人生与人心、上代与下代之间向上向善向美的力量！

有一种力量，让成长充满审美。有一种力量，让青春刚柔并济。有一种力量，让梦想不再遥远。有一种力量，让未来收获吉祥。幻想激活世界，文学托举梦想。相信阅读，相信精神，相信文学的力量。

2017 年 2 月 9 日于北京师范大学文学院

刘慈欣的双重世界

叶开

2015 年 8 月，刘慈欣以长篇小说《三体》的第一部获得"第73届雨果奖"。

中国科幻作家获得世界科幻文学最高奖这个消息，如同三年前莫言获得诺贝尔文学奖一样，具有了超越文学的力量，激动中国人心，潮汐般在各大媒体和各类社交网站中冲刷而过。这个奖，是刘慈欣的长篇小说《三体》三部曲面世之后获得的各种荣誉中的一个，而且广受赞誉。

如同一个合唱到了高峰，"雨果奖"恰到好处地来临。

有些人把这个荣誉看成是中国科幻小说重达鼎盛的一个标志，实际上，这个荣誉与其说是奖励中国科幻小说界，而不如说是奖励刘慈欣个人。在"第三代科幻小说群"中，刘慈欣的创作一枝独秀，而其他第二层级的作家，完全无法跟上他的步伐。《三体》之外，没有《三体》，这才是中国当前科幻小说界的真实状况。

刘慈欣的太空史诗《三体》系列诞生在一个不太合适的时期。欧美科幻界在八十年代之后，已经把目光转向人工智能等领域，而不再把最多兴趣放在太空史诗类题材上。即便如此，基于"黑森林理论"的《三体》，仍然以质朴的中国式叙事，强烈的"文革"政治背景，而异军突起，与一群早期的高端读者产生了强烈的共鸣，进而辐射到较为宽泛的读者界，最终以"雨果奖"做了一个金色的收尾，留下的是一个长达七八年的科幻小说"空白地带"。虽然也有越来越多的新一代科幻小说家开始进入科幻小说的写作，但是这个"空白"仍然有待填补。

总体来说，即便是短篇科幻小说，也是"硬科幻"气息最浓的刘慈欣的作品最有想象空间和可读性。《诗云》虽然只有短短一万多字，但是刘慈欣以宏大的视野，根据于现代超级科技的想象，创造出与古代结合的特殊科幻景观。

当时读完《诗云》这篇小说，我居然有一点感动，这种感动是小说的叙事魅力带来的，而不像《带上她的眼睛》那种天然带有煽情色彩的结构导致的被感动。《诗云》小说结尾"你们很幸福地生活在一起"，是我很熟悉的童话结尾。在一位信奉"黑森林理论"，把整个宇宙描述为一个可怕的弱肉强食世界的作家笔下，能出现这样一种温和与善意，有这样一种人道主义的美感，的确令人敬佩。

这篇一万多字的小说里有各种瑰丽的想象。技术之神拆解了整座太阳系，在太阳的废墟上，建造了一座直径达百万公里的诗云存储器，"吟诵"出了人类可能有的所有诗篇（起码李白是这么认为的），但他碰到了另外一个终极难题：如何把这些诗歌检索出来呢？怎么鉴赏这些诗词呢？

正如恐龙大牙仰天长问那样："智慧生命的精华和本质，真的是技术所无法触及的吗？"

这里我们且不管能不能真正触及，但作者体现出了一种对智慧生命的尊重，即使是恐龙大牙和技术之神"李白"眼中只能称为虫子的卑微人类生命，也有自己的不可替代的尊严。这是人道主义的最新、也是极好的解释。

刘慈欣在《诗云》中思考了人性的终极问题，在这个终极问题下，技术成了次要的东西。技术与艺术在这里形成了正反面，技术以压倒一切的气势，压倒了恐龙大牙和"虫子"人类伊达。这位技术之神可以瞬间从银河系这一端跃迁到另一端、能够让太阳随意变换颜色、能用纯能制造有形物质。简单地就克隆了人体的这位大神化身为克隆人"李白"，他的记忆体里贮存了地球人类以及银河系的所有知识，却在"虫子"人类这里遇到了重大挫折：他用了最正确的书案、砚台、墨条、毛笔、宣纸，甚至制造出了酒，却无法憋出一句唐诗。好吧，这个"梗"设计得还不错，不能再不错了。人类无法在技术上望其项背，但人类有唐诗。可以说，唐诗不仅挽救了伊达，还挽救了人类的未来——那些被吞食帝国的恐龙们当成家禽饲养的人类，重新具有了做人的机会。

我个人很欣赏的是，在这里，作者显示出了轻松而有内涵的幽默感：用唐诗来抵抗黑森林般邪恶的宇宙？好吧，试试看。

刘慈欣的科幻想象空间很庞大，可以填入更多的物质。他在《乡村教师》这篇小说里，以短短的篇幅，描写了一个乡村教师在一节普通的乡村物理课上，不经意地挽救了地球的故事。而那些负责清除宇宙空间垃圾的银河舰队，也因为这个不经意，而放过了微小的地球。在《流浪地球》里，刘慈欣则想象出太阳即将爆炸，而人类发明了超级发动机，推动地球偏离轨道，离开太阳系，躲避太阳爆炸带来的毁灭性灾害的故事。这个故事的创意卓绝，但是在人文上，刘慈欣也推到了极致：小说中，那些推动人类离开太阳的先知，被一群不相信太阳会爆炸的暴民杀害了。而在他们杀害了"先知"之后，太阳开始爆炸。

这是房龙在《宽容》里写到的"先知"的命运吗？

不知道刘慈欣还有什么惊人的计划，但是，即便不是恢密的《三体》三部曲，他的短篇小说都非常值得推荐。

二〇一七年一月十八日

■ 目 录
CONTENTS

《末日三部曲》之一

流浪地球

刹车时代

我没见过黑夜，我没见过星星，我没见过春天、秋天和冬天。

我出生在刹车时代结束的时候，那时地球刚刚停止转动。

地球自转刹车用了四十二年，比联合政府的计划长了三年。妈妈给我讲过我们全家看最后一个日落的情景，太阳落得很慢，仿佛在地平线上停住了，用了三天三夜才落下去，当然，以后没有"天"也没有"夜"了，东半球在相当长的一段时间里（有十几年吧）将处于永远的黄昏中，因为太阳在地平线下并没落深，还在半边天上映出它的光芒。就在那次漫长的日落中，我出生了。

黄昏并不意味着昏暗，地球发动机把整个北半球照得通明。地球发动机安装在亚洲和美洲大陆上，因为只有这两个大陆完整坚实的板块结构才能承受发动机对地球巨大的推力。地球发动机共有一万二千台，分布在亚洲和美洲大陆的各个平原上。从我住的地方，可以看到几百台发动机喷出的等离子体光柱。你想象一个巨大的宫殿，有雅典卫城上的神殿那么大，殿中有无数根顶天立地的巨柱，每根柱子像一根巨大的日光灯管那样发出蓝白色的强光。而你，是那巨大宫殿地板上的一个细菌，这样，你就可以想象到我所在的世界是什么样子了。其实这样描述还不是太准确，是地球发动机产生的切线推力分量刹住了地球的自转，因此地球发动机的喷射必须有一定的角度，这样天空中的那些巨型光柱是倾斜的，我们是处在一个将要倾倒的巨殿中！

南半球的人来到北半球后突然置身于这个环境中，有许多人会精神失常的。比这景象更可怕的是发动机带来的酷热，户外气温高达摄氏七八十度，必须穿冷却服才能外出。在这样的气温下常常会有暴雨，而发动机光柱穿过乌云时的景象简直是一场噩梦！

光柱蓝白色的强光在云中散射，变成无数种色彩组成的疯狂涌动的光晕，整个天空仿佛被白热的火山岩浆所覆盖。爷爷老糊涂了，有一次被酷热折磨得实在受不了，看到下大雨喜出望外，赤膊冲出门去，我们没来得及拦住他。外面雨点已被地球发动机超高温的等离子光柱烤热，把他身上烫起了一层皮。

但对于我们这一代在北半球出生的人来说，这一切都很自然，就如同对于刹车时代以前的人们，太阳星星和月亮那么自然，我们把那以前人类的历史都叫作前太阳时代，那真是个让人神往的黄金时代啊！

我在小学入学时，作为一门课程，教师带我们班的三十个孩子进行了一次环球旅行。这时地球已经完全停转，地球发动机除了维持这个行星的这种静止状态外，只进行一些姿态调整，所以在从我三岁到六岁这三年中，光柱的光度大为减弱，这使得我们可以在这次旅行中更好地认识我们的世界。

我们首先在近距离见到了地球发动机，是在石家庄附近的太行山出口处看到它的，那是一座金属的高山，在我们面前赫然耸立，占据了半个天空，同它相比，西边的太行山山脉如同一串小土丘。有的孩子惊叹它如珠峰一样高。我们的班主任小星老师是一位漂亮姑娘，她笑着告诉我们，这座发动机的高度是一万一千米，比珠峰还要高一千多米，人们管它们叫"上帝的喷灯"。我们站在它巨大的阴影中，感受着它通过大地传来的振动。

地球发动机分为两大类，大一些的叫"山"，小一些的叫"峰"。我们登上了"华北794号山"。登"山"比登"峰"花的时间长，因为"峰"是靠巨型电梯上下的，上"山"则要坐汽车沿盘"山"公路走。我们的汽车混在不见首尾的长车队中，沿着光滑的钢铁公路向上爬行。我们的左边是青色的金属峭壁，右边是万丈深渊。车队是由50吨的巨型自卸卡车组成，车上满载着从太行山上挖下的岩石。汽车很快升到了5000米以上，下面的大地已看不清细节，只能看到反射的地球发动机的一片青光。小星老师让我们戴上氧气面罩。随着我们距喷口越来越近，光度和温度都在剧增，面罩的颜色渐渐变深，冷却服中的微型压缩机也大功率地忙碌起来。在6000米处，我们见到了进料口，一车车的大石块倒进那闪着幽幽红光的大洞中，一点声音都没传出来。我问小星老师地球发动机是如何把岩石做燃料的。

"重元素聚变是一门很深的学问，现在给你们还讲不明白。你们只需要知道，地球发动机是人类建造的力量最大的机器，比如我们所在的华北794号，全功率运行时能向大地产生150亿吨的推力。"

我们的汽车终于登上了顶峰，喷口就在我们头顶上。由于光柱的直径太大，我们现在抬头看到的是一堵发着蓝光的等离子体巨墙，这巨墙向上

伸延到无限高处。这时，我突然想起不久前的一堂哲学课，那个憔悴的老师给我们出了一个谜语。

"你在平原上走着走着，突然迎面遇到一堵墙，这墙向上无限高，向下无限深，向左无限远，向右无限远，这墙是什么？"

我打了一个寒战，接着把这个谜语告诉了身边的小星老师。她想了好大一会儿，困惑地摇摇头。我把嘴凑到她耳边，把那个可怕的谜底告诉她。

"死亡。"

她默默地看了我几秒钟，突然把我紧紧地抱在怀里。我从她的肩上极目望去，迷蒙的大地上，耸立着一片金属的巨峰，从我们周围一直延伸到地平线。巨峰吐出的光柱，如一片倾斜的宇宙森林，刺破我们的摇摇欲坠的天空。

我们很快到达了海边，看到城市摩天大楼的尖顶伸出海面，退潮时白花花的海水从大楼无数的窗子中流出，形成一道道瀑布……刹车时代刚刚结束，其对地球的影响已触目惊心：地球发动机加速造成的潮汐吞没了北半球三分之二的大城市，发动机带来的全球高温溶化了极地冰川，更使这大洪水雪上加霜，波及南半球。爷爷在三十年前亲眼看见百米高的巨浪吞没上海的情景，他现在讲这事的时候眼还直勾勾的。事实上，我们的星球还没启程就已面目全非了，谁知道在以后漫长的外太空流浪中，还有多少苦难在等着我们呢？

我们乘上一种叫船的古老的交通工具在海面上航行。地球发动机的光柱在后面越来越远，一天以后就完全看不见了。这时，大海处在两片霞光之间，一片是西面地球发动机的光柱产生的青蓝色霞光，一片是东方海平面下的太阳产生的粉红色霞光，它们在海面上的反射使大海也分成了闪耀着两色光芒的两部分，我们的船就行驶在这两部分的分界处，这景色真是奇妙。但随着青蓝色霞光的渐渐减弱和粉红色霞光的渐渐增强，一种不安的气氛在船上弥漫开来。甲板上见不到孩子们了，他们都躲在船舱里不出来，舷窗的帘子也被紧紧拉上。一天后，我们最害怕的那一时刻终于到来了，我们集合在那间用作教室的大舱中，小星老师庄严地宣布：

"孩子们，我们要去看日出了。"

没有人动，我们目光呆滞，像突然冻住一样僵在那儿。小星老师又催了几次，还是没人动地方。她的一位男同事说：

"我早就提过，环球体验课应该放在近代史课前面，学生在心理上就比较容易适应了。"

"没那么简单，在近代史课前，他们早就从社会知道一切了。"小星老师说，她接着对几位班干部说："你们先走，孩子们，不要怕，我小时候第一次看日出也很紧张的，但看过一次就好了。"

孩子们终于一个个站了起来，朝着舱门挪动脚步。这时，我感到一只湿湿的小手抓住了我的手，回头一看，是灵儿。

"我怕……"她嘤嘤地说。

"我们在电视上也看到过太阳，反正都一样的。"我安慰她说。

"怎么会一样呢，你在电视上看蛇和看真蛇一样吗？"

"……反正我们得上去，要不这门课会扣分的！"

我和灵儿紧紧拉着手，和其他孩子一起战战兢兢地朝甲板走去，去面对我们人生中的第一次日出。

"其实，人类把太阳同恐惧连在一起也只是这三四个世纪的事。这之前，人类是不怕太阳的，相反，太阳在他们眼中是庄严和壮美的。那时地球还在转动，人们每天都能看到日出和日落。他们对着初升的太阳欢呼，赞颂落日的美丽。"小星老师站在船头对我们说，海风吹动着她的长发，在她身后，海天连线处射出几道光芒，好像海面下的一头大得无法想象的怪兽喷出的鼻息。

终于，我们看到了那令人胆寒的火焰，开始时只是天水连线上的一个亮点，很快增大，渐渐显示出了圆弧的形状。这时，我感到自己的喉咙被什么东西掐住了，恐惧使我窒息，脚下的甲板仿佛突然消失，我在向海的深渊坠下去，坠下去……和我一起下坠的还有灵儿，她那蛛丝般柔弱的小身躯紧贴着我颤抖着；还有其他孩子，其他的所有人，整个世界，都在下坠。这时我又想起了那个谜语，我曾问过哲学老师，那堵墙是什么颜色的，他说应该是黑色的。我觉得不对，我想象中的死亡之墙应该是雪亮的，这就是为什么那道等离子体墙让我想起了它。这个时代，死亡不再是黑色的，它是闪电的颜色，当那最后的闪电到来时，世界将在瞬间变成蒸汽。

三个多世纪前，天体物理学家们就发现这太阳内部氢转化为氦的速度突然加快，于是他们发射了上万个探测器穿过太阳，最终建立了这颗恒星完整精确的数学模型。巨型计算机对这个模型计算的结果表明，太阳的演化已向主星序外偏移，氦元素的聚变将在很短的时间内传遍整个太阳内部，由此产生一次叫氦闪的剧烈爆炸，之后，太阳将变为一颗巨大但暗淡的红巨星，它膨胀到如此之大，地球将在太阳内部运行！事实上在这之前的氦闪爆发中，我们的星球已被汽化了。

这一切将在四百年内发生，现在已过了三百八十年。

太阳的灾变将炸毁和吞没太阳系所有适合居住的类地行星，并使所有类木行星完全改变形态和轨道。自第一次氦闪后，随着重元素在太阳中心的反复聚集，太阳氦闪将在一段时间反复发生，这"一段时间"是相对于恒星演化来说的，其长度可能相当于上千个人类历史。所以，人类在以后的太阳系中已无法生存下去，唯一的生路是向外太空恒星际移民，而照人类目前的技术力量，全人类移民唯一可行的目标是人马座比邻星，这是距我们最近的恒星，有4.3光年的路程。以上看法人们已达成共识，争论的焦点在移民方式上。

为了加强教学效果，我们的船在太平洋上折返了两次，又给我们制造了两次日出。现在我们已完全适应了，也相信了南半球那些每天面对太阳的孩子确实能活下去。

以后我们就在太阳下航行了，太阳在空中越升越高，这几天凉爽下来的天气又热了起来。我正在自己的舱里昏昏欲睡，听到外面有骚乱的人声。灵儿推开门探进头来。

"嗨，飞船派和地球派又打起来了！"

我对这事儿不感兴趣，他们已经打了四个世纪了。但我还是到外面看了看，在那打成一团的几个男孩儿中，一眼就看出了挑起事儿的是阿东，他爸爸是个顽固的飞船派，因参加一次反联合政府的暴动，现在还被关在监狱里，有其父必有其子。

小星老师和几名粗壮的船员好不容易才拉开架，阿东鼻子血糊糊的，振臂高呼："把地球派扔到海里去！"

"我也是地球派，也要扔到海里去？"小星老师问。

"地球派都扔到海里去！"阿东毫不示弱，现在，在全世界飞船派情绪又呈上升趋势，所以他们又狂起来了。

"为什么这么恨我们？"小星老师问。

其他几个飞船派小子接着喊了起来。

"我们不和地球派傻瓜在地球上等死！"

"我们要坐飞船走！飞船万岁！"

……

小星老师按了一下手腕上的全息显示器，我们面前的空中立刻显示出一幅全息图像，孩子们的注意力立刻被它吸引过去，暂时安静下来。那是一个晶莹透明的密封玻璃球，大约有 10 厘米直径，球里有三分之二充满了水，水中有一只小虾、一小只珊瑚和一些绿色的藻类植物，小虾在水中悠然地游动着。小星老师说："这是阿东的一件自然课的设计作业，小球中除了这几样东西外，还有一些看不见的细菌。它们在密封的玻璃球中相互依赖、相互作用。小虾以海藻为食，从水中摄取氧气，然后排出含有机物质的粪便和二氧化碳废气，细菌将这些东西分解成无机物质和二氧化碳，然后海藻利用了这些无机物质与人造阳光进行光合作用，制造营养物质，进行生长和繁殖，同时放出氧气供小虾呼吸。这样的生态循环应该能使玻璃球中的生物在只有阳光供应的情况下生生不息。这是我见过的最好的课程设计，我知道，这里面凝聚了阿东和所有飞船派孩子的梦想，这就是你们梦中飞船的缩影啊！阿东告诉我，他按照计算机中严格的数学模型，对球中每一样生物进行了基因设计，使他们的新陈代谢正好达到平衡。他坚信，球中的生命世界会长期活下去，直到小虾寿命的终点。老师们都很钟爱这件作业，我们把它放到所要求强度的人造阳光下，也坚信阿东的预测，默默地祝福他创造的这个小小的世界。但现在，时间只过去了十几天……"

小星老师从随身带来的一个小箱子中小心翼翼地拿出了那个玻璃球，死去的小虾漂浮在水面上，水已浑浊不堪，腐烂的藻类植物已失去了绿色，

变成一团没有生命的毛状物覆盖在珊瑚上。

"这个小世界死了。孩子们，谁能说出为什么？"小星老师把那个死亡的世界举到孩子们面前。

"它太小了！"

"说得对，太小了，小的生态系统，不管多么精确，是经不起时间的风浪的。飞船派们想象中的飞船也一样。"

"我们的飞船可以造得像上海或纽约那么大。"阿东说，声音比刚才低了许多。

"是的，按人类目前的技术也只能造这么大，同地球相比，这样的生态系统还是太小了，太小了。"

"我们会找到新的行星。"

"这连你们自己也不相信。人马座没有行星，最近的有行星的恒星在八百五十光年以外，目前人类能建造的最快的飞船也只能达到光速的百分之零点五，这样就需十七万年时间才能到那儿，飞船规模的生态系统连这十分之一的时间都维持不了。孩子们，只有像地球这样规模的生态系统，这样气势磅礴的生态循环，才能使生命万代不息！人类在宇宙间离开了地球，就像婴儿在沙漠里离开了母亲！"

"可……老师，我们来不及的，地球来不及的，它还来不及加速到足够快，航到足够远，太阳就爆炸了！"

"时间是够的，要相信联合政府！这我说了多少遍，如果你们还不相信，我们就退一万步说：人类将自豪地去死，因为我们尽了最大的努力！"

人类的逃亡分为五步：第一步，用地球发动机使地球停止转动，使发动机喷口固定在地球运行的反方向；第二步，全功率开动地球发动机，使地球加速到逃逸速度，飞出太阳系；第三步，在外太空继续加速，飞向比邻星；第四步，在中途使地球重新自转，调转发动机方向，开始减速；第五步，地球泊入比邻星轨道，成为这颗恒星的卫星。人们把这五步分别称为刹车时代、逃逸时代、流浪时代 I(加速)、流浪时代 II (减速)、新太阳时代。

整个移民过程将延续两千五百年时间，一百代人。

我们的船继续航行，航到了地球黑夜的部分，在这里，阳光和地球发动机的光柱都照不到，在大西洋清凉的海风中，我们这些孩子第一次看到了星空。天啊，那是怎样的景象啊，美得让我们心醉。小星老师一手搂着我们，一手指着星空，看，孩子们，那就是人马座，那就是比邻星，那就是我们的新家！说完她哭了起来，我们也都跟着哭了，周围的水手和船长，这些铁打的汉子也流下了眼泪。所有的人都用泪眼探望着老师指的方向，星空在泪水中扭曲抖动，唯有那个星星是不动的，那是黑夜大海狂浪中远方陆地的灯塔，那是冰雪荒原中快要冻死的孤独旅人前方隐现的火光，那是我们心中的星星，是人类在未来一百代人的苦海中唯一的希望和支撑……

在回家的航程中，我们看到了起航的第一个信号：夜空中出现了一个巨大的彗星，那是月球。人类带不走月球，就在月球上也安装了行星发动机，把它推离地球轨道，以免在地球加速时相撞。月球上行星发动机产生的巨大彗尾使大海笼罩在一片蓝光之中，群星看不见了。月球移动产生的引力潮汐使大海巨浪冲天，我们改乘飞机向南半球的家飞去。

起航的日子终于到了！

我们一下飞机，就被地球发动机的光柱照得睁不开眼，这些光柱比以前亮了几倍，而且所有光柱都由倾斜变成笔直，地球发动机开到了最大功率,加速产生的百米巨浪轰鸣着滚上每个大陆,灼热的飓风夹着滚烫的水沫,在林立的顶天立地的等离子光柱间疯狂呼啸,拔起了陆地上所有的大树……这时从宇宙空间看,我们的星球也成了一个巨大的彗星,蓝色的彗尾刺破了黑暗的太空。

地球上路了,人类上路了。

就在起航时,爷爷去世了,他身上的烫伤已经感染。弥留之际他反复念叨着一句话。

"啊,地球,我的流浪地球啊……"

逃逸时代

学校要搬入地下城了，我们是第一批入城的居民。校车钻进了一个高大的隧洞，隧洞成不大的坡度向地下延伸。走了有半个钟头，我们被告知已入城了。可车窗外哪有城市的样子？只看到不断掠过的错综复杂的支洞，和洞壁上无数的密封门，在高高洞顶一排泛光灯下，一切都呈单调的金属蓝色。想到后半生的大部分时光都要在这个世界中度过，我们不禁黯然神伤。

"原始人就住洞里，我们又住洞里了。"灵儿低声说，这话还是让小星老师听见了。

"没有办法的，孩子们，地面的环境很快就要变得很可怕很可怕，那时，冷的时候，吐一口唾沫，还没掉到地上呢，就冻成小冰块儿了；热的时候，再吐一口唾沫，还没掉到地上，就变成蒸汽了！"

"冷我知道，因为地球离太阳越来越远了；可为什么还会热呢？"同车的一个低年级的小娃娃问。

"笨，没学过变轨加速吗？"我没好气地说。

"没。"

灵儿耐心地解释起来，好像是为了分散刚才的悲伤。"是这样，跟你想的不同，地球发动机没那么大劲儿，它只能给地球很小的加速度，不能把地球一下子推出太阳轨道，在地球离开太阳前，还要绕着它转 15 个圈呢！在这 15 个圈中地球慢慢加速。现在，地球绕太阳转着一个挺圆的圈儿，可它的速度越快呢，这圈就越扁，越快越扁越快越扁，太阳越来越移到这个扁圈的一边儿，所以后来，地球有时离太阳会很远很远，当然冷了……"

"可……还是不对！地球到最远的地儿是很冷，可在扁圈的另一头儿，它离太阳……嗯，我想想，按轨道动力学，还是现在这么近啊，怎么会更热呢？"

真是个小天才，记忆遗传技术使这样的小娃娃成了平常人，这是人类的幸运，否则，像地球发动机这样连神都不敢想的奇迹，是不会在四个世纪内变成现实的。

我说："可还有地球发动机呢，小傻瓜，现在，一万多台那样的大喷灯全功率开动，地球就成了火箭喷口的护圈了……你们安静点吧，我心里烦！"

我们就这样开始了地下的生活，像这样在地下五百米处人口超过百万的城市遍布各个大陆。在这样的地下城中，我读完小学并升入中学。学校教育都集中在理工科上，艺术和哲学之类的教育已压缩到最少，人类没有这份闲心了。这是人类最忙的时代，每个人都有做不完的工作。很有意思的是，地球上所有的宗教在一夜之间消失得无影无踪，人们现在终于明白，就算真有上帝，他也是个王八蛋。历史课还是有的，只是课本中前太阳时代的人类历史对我们就像伊甸园中的神话一样。

父亲是空军的一名近地轨道宇航员，在家的时间很少。记得在变轨加速的第五年，在地球处于远日点时，我们全家到海边去过一次。运行到远日点顶端那一天，是一个如同新年或圣诞节一样的节日，因为这时地球距太阳最远，人们都有一种虚幻的安全感。像以前到地面上去一样，我们需穿上带有核电池的全密封加热服。外面，地球发动机林立的刺目光柱是主要能看见的东西，地面世界的其他部分都淹没于光柱的强光中，也看不出变化。我们乘飞行汽车飞了很长时间，到了光柱照不到的地方，到了能看见太阳的海边。这时的太阳已成了一个棒球大小，一动不动地悬在天边，它的光芒只在自己的周围映出了一圈晨曦似的亮影，天空呈暗暗的深蓝色，星星仍清晰可见。举目望去，哪有海啊，眼前是一片白茫茫的冰原。在这封冻的大海上，有大群狂欢的人。焰火在暗蓝色的空中开放，冰冻海面上的人们以一种不正常的忘情在狂欢着，到处都是喝醉了在冰上打滚的人，更多的人在声嘶力竭地唱着不同的歌，都想用自己的声音压住别人。

"每个人都在不顾一切地过自己想过的生活，这也没有什么不好。"爸爸突然想起了一件事，"呵，忘了告诉你们，我爱上了黎星，我要离开你们和她在一起。"

"这是谁？"妈妈平静地问。

"我的小学老师。"我替爸爸回答。我升入中学已两年，不知道爸爸和小星老师是怎么认识的，也许是在两年前那次毕业仪式上？

"那你去吧。"妈妈说。

"过一阵我肯定会厌倦，那时我就回来，你看呢？"

"你要愿意当然行。"妈妈的声音像冰冻的海面一样平稳，但很快激动起来："啊，这一颗真漂亮，里面一定有全息散射体！"她指着刚在空中开放的一朵焰火，真诚地赞美着。

在这个时代，人们在看四个世纪以前的电影和小说时都莫名其妙，他们不明白，前太阳时代的人怎么会在不关生死的事情上倾注那么多的感情。当看到男女主人公为爱情而痛苦或哭泣时，他们的惊奇是难以言表的。在这个时代，死亡的威胁和逃生的欲望压倒了一切，除了当前太阳的状态和地球的位置，没有什么能真正引起他们的注意并打动他们了。这种注意力高度集中的关注，渐渐从本质上改变了人类的心理状态和精神生活，对于爱情这类东西，他们只是用余光瞥一下而已，就像赌徒在盯着轮盘的间隙抓住几秒钟喝口水一样。

过了两个月，爸爸真从小星老师那儿回来了，妈妈没有高兴，也没有不高兴。

爸爸对我说："黎星对你印象很好，她说你是一个有创造力的学生。"

妈妈一脸茫然："是谁?"

"小星老师嘛，我的小学老师，爸爸这两个月就是同她在一起的!"

"哦，想起来了!"妈妈摇头笑了，"我还不到四十，记忆力就成了这个样子。"她抬头看看天花板上的全息星空，又看看四壁的全息森林，"你回来挺好，把这些图像换换吧，我和孩子都看腻了，但我们都不会调整这玩意儿。"

当地球再次向太阳跌去的时候，我们全家都把这事忘了。

有一天，新闻报道海在融化，于是我们全家又到海边去。这是地球通过火星轨道的时候，按照这时太阳的光照量，地球的气温应该仍然是很低的，但由于地球发动机的影响，地面的气温正适宜。能不穿加热服或冷却服去地面，那感觉真令人愉快。地球发动机所在的这个半球天空还是那个样子，但到达另一个半球时，真正感到了太阳的临近：天空是明朗的纯蓝色，太阳在空中已同起航前一样明亮了。可我们从空中看到海并没融化，还是一片白色的冰原。当我们失望地走出飞行汽车时，听到惊天动地的隆隆声，那声音仿佛来自这颗星球的最深处，真像地球要爆炸一样。

"这是大海的声音!"爸爸说，"因为气温骤升，厚厚的海冰层受热不均匀，这很像陆地上的地震。"

突然，一声雷霆般尖利的巨响插进这低沉的隆隆声中，我们后面看海的人们欢呼起来。我看到海面上裂开一道长缝，其开裂速度之快如同广阔的冰原上突然出现的一道黑色的闪电。接着在不断的巨响中，这样的裂缝一条接一条地在海冰上出现，海水从所有的裂缝中喷出，在冰原上形成一条条迅速扩散的急流……

回家的路上，我们看到荒芜已久的大地上，野草在大片大片地钻出地面，各种花朵在怒放，嫩叶给枯死的森林披上绿装……所有的生命都在抓紧时间发泄着活力。

随着地球和太阳的距离越来越近，人们的心也一天天揪紧了。到地面上来欣赏春色的人越来越少，大部分人都深深地躲进了地下城中，这不是为了躲避即将到来的酷热、暴雨和飓风，而是躲避那随着太阳越来越近的恐惧。有一天在我睡下后，听到妈妈低声对爸爸说：

"可能真的来不及了。"

爸爸说："前四个近日点时也有这种谣言。"

"可这次是真的，我是从钱德勒博士夫人口中听说的，她丈夫是航行委员会的那个天文学家，你们都知道他的。他亲口告诉她已观测到氦的聚集在加速。"

"你听着亲爱的，我们必须抱有希望，这并不是因为希望真的存在，而是因为我们要做高贵的人。在前太阳时代，做一个高贵的人必须拥有金钱、权力或才能，而在今天只要拥有希望，希望是这个时代的黄金和宝石，不管活多长，我们都要拥有它！明天把这话告诉孩子。"

和所有的人一样，我也随着近日点的到来而心神不定。有一天放学后，我不知不觉走到了城市中心广场，在广场中央有喷泉的圆形水池边呆立着，时而低头看着蓝莹莹的池水，时而抬头望着广场圆形穹顶上梦幻般的光波纹，那是池水反射上去的。这时我看到了灵儿，她拿着一个小瓶子和一根小管儿，在吹肥皂泡。每吹出一串，她都呆呆地盯着空中飘浮的泡泡，看着它们一个个消失，然后再吹出一串……

"都这么大了还干这个，这好玩吗？"我走过去问她。

灵儿见了我以后喜出望外，"我们俩去旅行吧！"

"旅行？去哪？"

"当然是地面啦！"她挥手在空中划了一下，从手腕上的计算机甩一幅全息景象，显示出一个落日下的海滩，微风吹拂着棕榈树，道道白浪，金黄的沙滩上有一对对的情侣，他们在铺满碎金的海面前呈一对对黑色的剪影。"这是梦娜和大刚发回来的，他们俩现在还满世界转呢，他们说外面现在还不太热，外面可好呢，我们去吧！"

"他们因为旷课刚被学校开除了。"

"哼，你根本不是怕这个，你是怕太阳！"

"你不怕吗？别忘了你因为怕太阳还看过精神病医生呢。"

"可我现在不一样了，我受到了启示！你看，"灵儿用小管儿吹出了一串肥皂泡，"盯着它看！"她用手指着一个肥皂泡说。

我盯着那个泡泡，看到它表面上光和色的狂澜，那狂澜以人的感觉无法把握的复杂和精细在涌动，好像那个泡泡知道自己生命的长度，疯狂地把自己浩如烟海的记忆中无数的梦幻和传奇向世界演绎。很快，光和色的狂澜在一次无声的爆炸中消失了，我看到了一小片似有似无的水汽，这水汽也只存在了半秒钟，然后什么都没有了，好像什么都没有存在过。

"看到了吗？地球就是宇宙中的一个小水泡，啪一下，什么都没了，有什么好怕的呢？"

"不是这样的，据计算，在氦闪发生时，地球被完全蒸发掉至少需要一百个小时。"

"这就是最可怕之处了！"灵儿大叫起来，"我们在这地下五百米，就像馅饼里的肉馅一样，先给慢慢烤熟了，再蒸发掉！"

一阵冷战传遍我的全身。

"但在地面就不一样了，那里的一切瞬间被蒸发，地面上的人就像那泡泡一样，啪一下……所以，氦闪时还是在地面上为好。"

不知为什么，我没同她去，她就同阿东去了，我以后再也没见到他们。

氦闪并没有发生，地球高速掠过了近日点，第六次向远日点升去，人们绷紧的神经松弛下来。由于地球自转已停止，在太阳轨道的这一面，亚洲大陆上的地球发动机正对它的运行方向，所以在通过近日点前都停了下来，只是偶尔做一些调整姿态的运行，我们这儿处于宁静而漫长的黑夜之中。美洲大陆上的发动机则全功率运行，那里成了火箭喷口的护圈。由于太阳这时也处于西半球，那儿的高温更是可怕，草木生烟。

地球的变轨加速就这样年复一年地进行着。每当地球向远日点升去时，人们的心也随着地球与太阳距离的日益拉长而放松；而当它在新的一年向太阳跌去时，人们的心一天天紧缩起来。每次到达近日点，社会上就谣言四起，说太阳氦闪就要在这时发生了；直到地球再次升向远日点，人们的恐惧才随着天空中渐渐变小的太阳平息下来，但又在准备着下一次的恐惧……人类的精神像在荡着一个宇宙秋千，更适当地说，在经历着一场宇宙俄罗斯轮盘赌：升上远日点和跌向太阳的过程是在转动弹仓，掠过近日点时则是扣动扳机！每扣一次时的神经比上一次更紧张，我就是在这种交替的恐惧中度过了自己的少年时代。其实仔细想想，即使在远日点，地球也未脱离太阳氦闪的威力圈，如果那时太阳爆发，地球不是被汽化而是被慢慢液化，那种结果还真不如在近日点。

在逃逸时代，大灾难接踵而至。

由于地球发动机产生的加速度及运行轨道的改变，地核中铁镍核心的平衡被扰动，其影响穿过古腾堡不连续面，波及地幔，各个大陆地热逸出，火山横行，这对于人类的地下城市是致命的威胁。从第六次变轨周期后，在各大陆的地下城中，岩浆渗入灾难频繁发生。

那天当警报响起来的时候，我正走在放学回家的路上，听到市政厅的广播："F112 市全体市民注意，城市北部屏障已被地应力破坏，岩浆渗入！岩浆渗入！现在岩浆流已到达第四街区！公路出口被封死，全体市民到中心广场集合，通过升降向地面撤离。注意，撤离时按危急法第五条行事，强调一遍，撤离时按危急法第五条行事！"

我环视了一下四周迷宫般的通道，地下城现在看上去并没有什么异常。但我知道现在的危险：只有两条通向外部的地下公路，其中一条去年因加固屏障的需要已被堵死，如果剩下的这条也堵死了，就只有通过经竖井直通地面的升降梯逃命了。升降梯的载运量很小，要把这座城的 36 万人运出去需要很长时间。但也没有必要去争夺生存的机会，联合政府的危急法把一切都安排好了。

古代曾有过一个伦理学问题：当洪水到来时，一个只能救走一个人的男人，是去救他的父亲呢，还是去救他的儿子？在这个时代的人看来，提出这个问题很不可理解。

当我到达中心广场时，看到人们已按年龄排起了长长的队。最靠近电梯口的是由机器人保育员抱着的婴儿，然后是幼儿园的孩子，再往后是小学生……我排在队伍中间靠前的部分。爸爸现在在近地轨道值班，城里只有我和妈妈，我现在看不到妈妈，就顺着几公里长的队身后跑，没跑多远就被士兵拦住了。我知道她在最后一段，因为这个城市主要是学校集中地，家庭很少，她已经算年纪大的那批人了。

长队以让人心里着火的慢速度向前移动，三个小时后轮到我跨进升降梯时，心里一点都不轻松，因为这时在妈妈和生存之间，还隔着两万多名大学生呢！而我已闻到了浓烈的硫磺味……

我到地面两个半小时后，岩浆就在五百米深的地下吞没了整座城市。我心如刀绞地想象着妈妈最后的时刻：她同没能撤出的一万八千人一起，看着岩浆涌进市中心广场。那时已经停电，整个地下城只有岩浆那恐怖的暗红色光芒。广场那高大的白色穹顶在高温中渐渐变黑，所有的遇难者可能还没接触到岩浆，就被这上千度的高温夺去了生命。

但生活还在继续，这严酷恐惧的现实中，爱情仍不时闪现出迷人的火花。为了缓解人们的紧张情绪，在第十二次到达远日点时，联合政府居然恢复了中断达两世纪的奥运会。我作为一名机动冰橇拉力赛的选手参加了奥运会，比赛是驾驶机动冰橇，从上海出发，从冰面上横穿封冻的太平洋，到达终点纽约。

发令枪响过之后，上百只雪橇在冰冻的海洋上以每小时二百公路左右的速度出发了。开始还有几只雪橇相伴，但两天后，他们或前或后，都消失在地平线之外。这时背后地球发动机的光芒已经看不到了，我正处于地球最黑的部分。在我眼中，世界就是由广阔的星空和向四面无限延伸的冰原组成的，这冰原似乎一直延伸到宇宙的尽头，或者它本身就是宇宙的尽头。而在无限的星空和无限的冰原组成的宇宙中，只有我一个人！雪崩般的孤独感压倒了我，我想哭。我拼命地赶路，名次已无关紧要，只是为了在这可怕的孤独感杀死我之前尽早地摆脱它，而那想象中的彼岸似乎根本就不存在。

就在这时，我看到天边出现了一个人影。近了些后，我发现那是一个姑娘，正站在她的雪橇旁，她的长发在冰原上的寒风中飘动着。你知道这时遇见一个姑娘意味着什么，我们的后半生由此决定了。她是日本人，叫山彬加代子。女子组比我们先出发十二个小时，她的雪橇卡在冰缝中，把一根滑杆卡断了。我一边帮她修雪橇，一边把自己刚才的感觉告诉她。

"您说得太对了，我也是那样的感觉！是的，好像整个宇宙中就只有你一个人！知道吗，我看到您从远方出现时，就像看到太阳升起一样耶！"

"那你为什么不叫救援飞机？"

"这是一场体现人类精神的比赛，要知道，流浪地球在宇宙中是叫不到救援的！"她挥动着小拳头，以日本人特有的执着说。

"不过现在总得叫了，我们都没有备用滑杆，你的雪橇修不好了。"

"那我坐您的雪橇一起走好吗？如果您不在意名次的话。"

我当然不在意，于是我和加代子一起在冰冻的太平洋上走完了剩下的漫长路程。经过夏威夷后，我们看到了天边的曙光。在这被那个小小的太阳照亮的无际冰原上，我们向联合政府的民政部发去了结婚申请。

当我们到达纽约时，这个项目的裁判们早等得不耐烦，收摊走了。但有一个民政局的官员在等着我们，他向我们致以新婚的祝贺，然后开始履行他的职责：他挥手在空中划出一个全息图像，上面整齐地排列着几万个圆点，这是这几天全世界向联合政府登记结婚的数目。由于环境的严酷，法律规定每三对新婚配偶中只有一对有生育权，抽签决定。加代子对着半空中那几万个点犹豫了半天，点了中间的一个。当那个点变为绿色时，她高兴得跳了起来。但我的心中却不知是什么滋味，我的孩子出生在这个苦难的时代，是幸运还是不幸呢？那个官员倒是兴高采烈，他说每当一对儿

"点绿"的时候他都十分高兴，他拿出了一瓶伏特加，我们三个轮着一人一口地喝着，都为人类的延续干杯。我们身后，遥远的太阳用它微弱的光芒给自由女神像镀上了一层金辉，对面，是已无人居住的曼哈顿的摩天大楼群，微弱的阳光把它们的影子长长地投在纽约港寂静的冰面上，醉意蒙眬的我，眼泪涌了出来。

地球，我的流浪地球啊！

分手前，官员递给我们一串钥匙，醉醺醺地说："这是你们在亚洲分到的房子，回家吧，哦，家多好啊！"

"有什么好的？"我漠然地说，"亚洲的地下城充满危险，这你们在西半球当然体会不到。"

"我们马上也有你们体会不到的危险了，地球又要穿过小行星带，这次是西半球对着运行方向。"

"上几个变轨周期也经过小行星带，不是没什么大事吗？"

"那只是擦着小行星带的边缘走，太空舰队当然能应付，他们可以用激光和核弹把地球航线上的那些小石块都清除掉。但这次……你们没看新闻？这次地球要从小行星带正中穿过去！舰队只能对付那些小石块，唉……"

在回亚洲的飞机上，加代子问我："那些石块很大吗？"

我父亲现在就在太空舰队干那件工作，所以尽管政府为了避免惊慌照例封锁消息，我还是知道一些情况。我告诉加代子，那些石块大得像一座大山，五千万吨级的热核炸弹只能在上面打出一个小坑。"他们就要使用人类手中的威力最大的武器了！"我神秘地告诉加代子。

"你是说反物质炸弹？！"

"还能是什么？"

"太空舰队的巡航范围是多远？"

"现在他们力量有限，我爸说只有一百五十万公里左右。"

"啊，那我们能看到了！"

"最好别看。"

加代子还是看了，而且是没戴护目镜看的。反物质炸弹的第一次闪光是在我们起飞不久后从太空传来的，那时加代子正在欣赏飞机舷窗外空中的星星，这使她的双眼失明了一个多小时，眼睛以后的一个多月都红肿流泪。那真是让人心惊肉跳的时刻，反物质炸弹不断地击中小行星，湮灭的强光此起彼伏地在漆黑的太空中闪现，仿佛宇宙中有一群巨人围着地球用闪光灯疯狂拍照似的。

半小时后，我们看到了火流星，它们拖着长长的火尾划破长空，给人一种恐怖的美感。火流星越来越多，每一个在空中划过的距离越来越长。突然，机身在一声巨响中震颤了一下，紧接着又是连续的巨响和震颤。加代子惊叫着扑到我怀中，她显然以为飞机被流星击中了，这时舱里响起了机长的声音。

"请各位乘客不要惊慌，这是流星冲破音障产生的超音速爆音，请大家戴上耳机，否则您的听觉会受到永久的损害。由于飞行安全已无法保证，我们将在夏威夷紧急降落。"

这时我盯住了一个火流星，那个火球的体积比别的大出许多，我不相信它能在大气中烧完。果然，那火球疾驰过大半个天空，越来越小，但还

是坠入了冰海。从万米高空看到，海面被击中的位置出现了一个小白点，那白点立刻扩散成一个白色的圆圈，圆圈迅速在海面扩大。

"那是浪吗？"加代子颤着声儿问我。

"是浪，上百米的浪。不过海封冻了，冰面会很快使它衰减的。"我自我安慰地说，不再看下面。

我们很快在檀香山降落，由当地政府安排去地下城。我们的汽车沿着海岸走，天空中布满了火流星，那些红发恶魔好像是从太空中的某一个点同时迸发出来的。一颗流星在距海岸不远处击中了海面，没有看到水柱，但水蒸气形成的白色蘑菇云高高地升起。涌浪从冰层下传到岸边，厚厚的冰层轰隆隆地破碎了，冰面显出了浪的形状，好像有一群柔软的巨兽在下面排着队游过。

"这块有多大？"我问那位来接应我们的官员。

"不超过五公斤，不会比你的脑袋大吧。不过刚接到通知，在北方八百公里的海面上，刚落下一颗二十吨左右的。"

这时他手腕上的通信机响了，他看了一眼后对司机说："来不及到204号门了，就近找个入口吧！"

汽车拐了个弯，在一个地下城入口前停了下来。我们下车后，看到入口处有几个士兵，他们都一动不动地盯着远方的一个方向，眼里充满了恐惧。我们都顺着他们的目光看去，在天海连线处，我们看到一层黑色的屏障，初一看好像是天边低低的云层，但那"云层"的高度太齐了，像一堵横在天边的长墙，再仔细看，墙头还镶着一线白边。

"那是什么呀？"加代子怯生生地问一个军官，得到的回答让我们毛发直竖。

"浪。"

地下城高大的铁门隆隆地关上了，约莫过了十分钟，我们感到从地面传来的低沉的声音，咕噜噜的，像一个巨人在地面打滚。我们面面相觑，大家都知道，百米高的巨浪正在滚过夏威夷，也将滚过各个大陆。但另一种震动更吓人，仿佛有一只巨拳从太空中不断地击打地球，在地下这震动并不大，只能隐约感到，但每一个震动都直达我们灵魂深处。这是流星在不断地击中地面。

我们的星球所遭到的残酷轰炸断断续续持续了一个星期。

当我们走出地下城时，加代子惊叫："天啊，天怎么是这样的！"

天空是灰色的，这是因为高层大气弥漫着小行星撞击陆地时产生的灰尘，星星和太阳都消失在这无际的灰色中，仿佛整个宇宙在下着一场大雾。地面上，滔天巨浪留下的海水还没来得及退去就封冻了，城市幸存的高楼形单影只地立在冰面上，挂着长长的冰凌柱。冰面上落了一层撞击尘，于是这个世界只剩下一种颜色：灰色。

我和加代子继续回亚洲的旅行。在飞机越过早已无意义的国际日期变更线时，我们见到了人类所见过的最黑的黑夜，飞机仿佛潜行在墨汁的海

洋中。看着机舱外那没有一丝光线的世界，我们的心情也暗到了极点。

"什么时候到头儿呢？"加代子喃喃地说。我不知道她指的是这个旅程还是这充满苦难和灾难的生活，我现在觉得两者都没有尽头。是啊，即使地球航出了氦闪的威力圈，我们得以逃生，又怎么样呢？我们只是那漫长阶梯的最下一级，当我们的一百代重孙爬上阶梯的顶端，见到新生活的光明时，我们的骨头都变成灰了。我不敢想象未来的苦难和艰辛，更不敢想象要带着爱人和孩子走过这条看不到头的泥泞路，我累了，实在走不动了……就在我被悲伤和绝望窒息的时候，机舱里响起了一声女人的惊叫：

"啊！不！不能亲爱的！！"

我循声看去，见那个女人正从旁边的一个男人手中夺下一支手枪，他刚才显然想把枪口凑到自己的太阳穴上。这人很瘦弱，目光呆滞地看着前方无限远处。女人把头埋在他膝上，嘤嘤地哭了起来。

"安静。"男人冷冷地说。

哭声消失了，只有飞机发动机的嗡嗡声在轻响，像不变的哀乐。在我的感觉中，飞机已粘在这巨大的黑暗中，一动不动，而整个宇宙，除了黑暗和飞机，什么都没有了。加代子紧紧钻在我怀里，浑身冰凉。

突然，机舱前部有一阵骚动，有人在兴奋地低语。我向窗外看去，发现飞机前方出现了一片朦胧的光亮，那光亮是蓝色的，没有形状，十分均匀地出现在前方弥漫着撞击尘的夜空中。

那是地球发动机的光芒。

西半球的地球发动机已被陨石击毁了三分之一，但损失比起航前的预测要少；东半球的地球发动机由于背向撞击面，完好无损。从功率上来说，它们是能使地球完成逃逸航行的。

在我眼中，前方朦胧的蓝光，如同从深海漫长的上浮后看到的海面的亮光，我的呼吸又顺畅起来。

我又听到那个女人的声音："亲爱的，痛苦呀恐惧呀这些东西，也只有在活着时才能感觉到，死了，死了什么也没有了，那边只有黑暗。还是活着好，你说呢？"

那瘦弱的男人没有回答，他盯着前方的蓝光看，眼泪流了下来。我知道他能活下去了，只要那希望的蓝光还亮着，我们就都能活下去，我又想起了父亲关于希望的那些话。

一下飞机，我和加代子没有去我们在地下城中的新家，而是到设在地面的太空舰队基地去找父亲，但在基地，我只见到了追授他的一枚冰冷的勋章。这勋章是一名空军少将给我的，他告诉我，在清除地球航线上的小行星的行动中，一块被反物质炸弹炸出的小行星碎片击中了父亲的单座微型飞船。

"当时那个石块和飞船的相对速度有每秒一百公路，撞击使飞船座舱瞬间汽化了，他没有一点痛苦，我向您保证，没有一点痛苦。"将军说。

当地球又向太阳跌回去的时候，我和加代子又到地面上来看春天，但没有看到。世界仍是一片灰色，阴暗的天空下，大地上分布着由残留海水形成的一个个冰冻湖泊，见不到一点绿色。大气中的撞击尘挡住了阳光，使气温难以回升。甚至在近日点，海洋和大地都没有解冻，太阳呈一个朦胧的光晕，仿佛是撞击尘后面的一个幽灵。

三年以后，空中的撞击尘才有所消散，人类终于最后一次通过近日点，向远日点升去。在这个近日点，东半球的人有幸目睹了地球历史上最快的一次日出和日落。太阳从海平面上一跃而起，迅速划过长空，大地上万物的影子在很快地变换着角度，仿佛是无数根钟表的秒针。这也是地球上最短的一个白天，只有不到一个小时。当一小时后太阳跌入地平线，黑暗降临大地时，我感到一阵伤感。这转瞬即逝的一天，仿佛是对地球在太阳系四十五亿年进化史的一个短暂的总结。直到宇宙的末日，它不会再回来了。

"天黑了。"加代子忧伤地说。

"最长的一夜。"我说。东半球的这一夜将延续两千五百年，一百代人后，人马座的曙光才能再次照亮这个大陆。西半球也将面临最长的白天，但比这里的黑夜要短得多。在那里，太阳将很快升到天顶，然后一直静止在那个位置上渐渐变小，在半世纪内，它就会融入星群难以分辨了。

按照预定的航线，地球升向与木星的会合点。航行委员会的计划是：地球第 15 圈的公转轨道是如此之扁，以至于它的远日点到达木星轨道，地球将与木星在几乎相撞的距离上擦身而过，在木星巨大引力的拉动下，地球将最终达到逃逸速度。

离开近日点后两个月，就能用肉眼看到木星了，它开始只是一个模糊的光点，但很快显出圆盘的形状，又过了一个月，木星在地球上空已有满月大小了，呈暗红色，能隐约看到上面的条纹。这时，15 年来一直垂直的地球发动机光柱中有一些开始摆动，地球在做会合前最后的姿态调整，木星渐渐沉到了地平线下。以后的三个多月，木星一直处在地球的另一面，我们看不到它，但知道两颗行星正在交会之中。

有一天我们突然被告知东半球也能看到木星了。于是人们纷纷从地下城中来到地面。当我走出城市的密封门来到地面时，发现开了 15 年的地球发动机已经全部关闭了，我再次看到了星空，这表明同木星最后的交会正在进行。人们都在紧张地盯着西方的地平线，地平线上出现了一片暗红色的光，那光区渐渐扩大，伸延到整个地平线的宽度。我现在发现那暗红色的区域上方同漆黑的星空有一道整齐的边界，那边界呈弧形，那巨大的弧形从地平线的一端跨到了另一端，在缓缓升起，巨弧下的天空都变成了暗红色，仿佛一块同星空一样大小的暗红色幕布在把地球同整个宇宙隔开。当我回过神来时，不由得倒吸一口冷气，那暗红色的幕布就是木星！我早就知道木星的体积是地球的 1300 倍，现在才真正感觉到它的巨大。这宇宙巨怪在整个地平线上升起时产生的那种恐惧和压抑感是难以用语言描述的，一名记者后来写道："不知是我身处噩梦中，还是这整个宇宙都是一个造物主巨大而变态的头脑中的噩梦！"木星恐怖地上升着，渐渐占据了半个天空。这时，我们可以清楚地看到它云层中的风暴，那风暴把云层搅动成让人迷茫的混乱线条，我知道那厚厚的云层下是沸腾的液氢和液氦的大洋。著名的大红斑出现了，这个在木星表面维持了几十万年的大旋涡大得可以吞下整个地球。这时木星已占满了整个天空，地球仿佛是浮在木星沸腾的暗红色云海上的一只气球！而木星的大红斑就处在天空正中，如一只红色的巨眼盯着我们的世界，大地笼罩在它那阴森的红光中……这时，谁都无法相信小小的地球能逃出这巨大怪物的引力场，从地面上看，地球甚至连成为木星的卫星都不可能，我们就要掉进那无边云海覆盖着的地狱中去了！但领航工程师们的计算是精确的，暗红色的迷乱的天空在缓缓移动着，不知过了多长时间，西方的天边露出了黑色的一角，那黑色迅速扩大，其中有星星在闪烁，地球正在冲出木星的引力魔掌。这时警报尖叫起来，木星产生的引力潮汐正在向内陆推进，后来得知，这次大潮百多米高的巨浪再次横扫了整个大陆。在跑进地下城的密封门时，我最后看了一眼仍占据半个

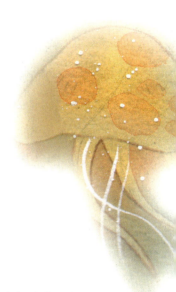

天空的木星，发现木星的云海中有一道明显的划痕，后来知道，那是地球引力作用在木星表面的痕迹，我们的星球也在木星表面拉起了如山的液氢和液氦的巨浪。这时，木星巨大的引力正在把地球加速甩向外太空。

离开木星时，地球已达到了逃逸速度，它不再需要返回潜藏着死亡的太阳，向广漠的外太空飞去，漫长的流浪时代开始了。

就在木星暗红色的阴影下，我的儿子在地层深处出生了。

叛乱

离开木星后，亚洲大陆上一万多台地球发动机再次全功率开动，这一次它们要不停地运行五百年，不停地加速地球。这五百年中，发动机将把亚洲大陆上一半的山脉用作燃料消耗掉。

从四个多世纪死亡的恐惧中解脱出来，人们长出了一口气。但预料中的狂欢并没有出现，接下来发生的事情出乎所有人的想象。

在地下城的庆祝集会后，我一个人穿上密封服来到地面。童年时熟悉的群山已被超级挖掘机夷为平地，大地上只有裸露的岩石和坚硬的冻土，冻土上到处有白色的斑块，那是大海潮留下的盐渍。面前那座爷爷和爸爸度过了一生的曾有千万人口的大城市现在已是一片废墟，高楼钢筋外露的残骸在地球发动机光柱的蓝光中拖着长长的影子，好像是史前巨兽的化石……一次次的洪水和小行星的撞击已摧毁了地面上的一切，各大陆上的城市和植被都荡然无存，地球表面已变成火星一样的荒漠。

这一段时间，加代子心神不定。她常常扔下孩子不管，一个人开着飞行汽车出去旅行，回来后，只是说她去了西半球。最后，她拉我一起去了。

我们的飞行汽车以四倍音速飞行了两个小时，终于能够看到太阳了，它刚刚升出太平洋，这时看上去只有棒球大小，给冰封的洋面投下一片微弱的、冷冷的光芒。加代子把飞行汽车悬停在五千米的空中，然后从后面拿出了一个长长的东西，去掉封套后我看到那是一架天文望远镜，业余爱好者用的那种。加代子打开车窗，把望远镜对准太阳，让我看。

从有色镜片中我看到了放大几百倍的太阳，我甚至清楚地看到太阳表面的缓缓移动的明暗斑点，还有日球边缘隐隐约约的日珥。

加代子把望远镜同车内的计算机联起来，把一个太阳影像采集下来。然后，她又调出了另一个太阳图像，说："这个是四个世纪前的太阳图像。"接着，计算机对两个图像进行比较。

"看到了吗？"加代子指着屏幕说："它们的光度、像素排列、像素概率、层次统计等参数都完全一样！"

我摇摇头说："这能说明什么？一架玩具望远镜，一个低级图像处理程序，加上你这个无知的外行……另自寻烦恼了，别信那些谣言！"

"你是个白痴。"她说着，收回望远镜，把飞行汽车向回开去。这时，在我们的上方和下方，我又远远地看到了几辆飞行汽车，同我们刚才一样悬在空中，从每辆车的车窗中都伸出一架望远镜对着太阳。

以后的几个月中，一个可怕的说法像野火一样在全世界蔓延。越来越多的人自发地用更大型更精密的仪器观测太阳。后来，一个民间组织向太阳发射了一组探测器，它们在三个月后穿过日球。探测器发回的数据最后证实了那个事实。

同四个世纪前相比，太阳没有任何变化。

现在，各大陆的地下城已成了一座座骚动的火山，局势一触即发。一天，按照联合政府的法令，我和加代子把儿子送进了养育中心。回家的路上我们俩都感到维系我们关系的唯一纽带已不存在了。走到市中心广场，我们看到有人在演讲，另一些人在演讲者周围向市民分发武器。

"公民们！地球被出卖了！人类被出卖了！！文明被出卖了！！！我们都是一个超级骗局的牺牲品！！！这个骗局之巨大之可怕，上帝都会为之休克！太阳还是原来的太阳，它不会爆发，过去现在将来都不会，它是永恒的象征！爆发的是联合政府中那些人阴险的野心！他们编造了这一切，只是为了建立他们的独裁帝国！他们毁了地球！他们毁了人类文明！！公民们，有良知的公民们！拿起武器，拯救我们的星球！拯救人类文明！！我们要推翻联合政府，控制地球发动机，把我们的星球从这寒冷的外太空开回原来的轨道！开回到我们的太阳温暖的怀抱中！！"加代子默默地走上前去，从分发武器的人手中接过了一支冲锋枪，加入到那些拿到武器的市民的队列中，她没有回头，同那支庞大的队列一起消失在地下城的迷雾里。我呆呆地站在那儿，手在衣袋中紧紧攥着父亲用生命和忠诚换来的那枚勋章，它的边角把我的手扎出了血……

三天后，叛乱在各个大陆同时爆发了。

叛军所到之处，人民群起响应，到现在，很少有人怀疑自己受骗了。但我加入了联合政府的军队，这并非由于对政府的坚信，而是我三代前辈都有过军旅生涯，他们在我心中种下了忠诚的种子，不论在什么情况下，背叛联合政府对我来说是一件不可想象的事。

美洲、非洲、大洋洲和南极洲相继沦陷，联合政府收缩防线死守地球发动机所在的东亚和中亚。叛军很快对这里构成包围态势，他们对政府军占有压倒优势，之所以在相当长一段时间里攻势没有取得进展，完全是由于地球发动机。叛军不想毁掉地球发动机，所以在这一广阔的战区没有使用重武器，使得联合政府得以苟延残喘。这样双方相持了三个月，联合政府的十二个集团军相继临阵倒戈，中亚和东亚防线全线崩溃。两个月后，大势已去的联合政府连同不到十万军队在靠近海岸的地球发动机控制中心陷入重围。

我就是这残存军队中的一名少校。控制中心有一座中等城市大小，它的中心是地球驾驶室。我拖着一条被激光束烧焦的手臂，躺在控制中心的伤兵收容站里。就是在这儿，我得知加代子已在澳洲战役中阵亡。我和收容站里所有的人一样，整天喝得烂醉，对外面的战事全然不知，也不感兴趣。不知过了多久，听到有人在高声说话。

"知道你们为什么这样吗？你们在自责，在这场战争中，你们站到了反人类的一边，我也一样。"

我转头一看，发现讲话的人肩上有一颗将星，他接着说："没关系的，我们还有最后的机会拯救自己的灵魂。地球驾驶室距我们这儿只有三个街区，我们去占领它，把它交给外面理智的人类！我们为联合政府已尽到了责任，现在该为人类尽责任了！"

我用那只没受伤的手抽出手枪，随着这群突然狂热起来的受伤和没受伤的人，沿着钢铁的通道，向地球驾驶室冲去。出乎预料，一路上我们几乎没遇到抵抗，倒是有越来越多的人从错综复杂的钢铁通道的各个分支中加入我们。最后，我们来到了一扇巨大的门前，那钢铁大门高得望不到顶。它轰隆隆地打开了，我们冲进了地球驾驶室。

尽管以前无数次在电视中看到过，所有的人还是被驾驶室的宏伟震惊了。从视觉上看不出这里的大小，因为驾驶室淹没在一幅巨型全息图中。那是一幅太阳系的模拟图。整个图像实际就是一个向所有方向无限伸延的黑色空间，我们一进来，就悬浮在这空间之中。由于尽量反映真实的比例，太阳和行星都很小很小，小得像远方的萤火虫，但能分辨出来。以那遥远的代表太阳的光点为中心，一条醒目的红色螺旋线扩展开来，像广阔的黑色洋面上迅速扩散的红色波圈。这是地球的航线。在螺旋线最外面的一点上，航线变成明亮的绿色，那是地球还没有完成的路程。那条绿线从我们的头顶掠过，顺着看去，我们看到了灿烂的星海，绿线消失在星海的深处，我们看不到它的尽头。在这广漠的黑色的空间中，还飘浮着许多闪亮的灰尘，其中几个尘粒飘近，我发现那是一块块虚拟屏幕，上面翻滚着复杂的数字和曲线。

我看到了全人类瞩目的地球驾驶台，它好像是飘浮在黑色空间中的一个银白色的小行星，看到它我更难以把握这里的巨大——驾驶台本身就是一个广场，现在上面密密麻麻地站着五千多人，包括联合政府的主要成员、负责实施地球航行计划的星际移民委员会的大部分，和那些最后忠于政府的人。这时我听到最高执政官的声音在整个黑色空间响了起来。

"我们本来可以战斗到底的，但这可能导致地球发动机失控，这种情况一旦发生，过量聚变的物质将烧穿地球，或蒸发全部海洋，所以我们决定投降。我们理解所有的人，因为已经进行了四十代人、还要延续一百代人的艰难奋斗中，永远保持理智确实是一个奢求。但也请所有的人记住我们，站在这里的这五千多人，这里有联合政府的最高执政官，也有普通的列兵，是我们把信念坚持到了最后。我们都知道自己看不到真理被证实的那一天，但如果人类得以延续万代，以后所有的人将在我们的墓前洒下自己的眼泪，这颗叫地球的行星，就是我们永恒的纪念碑！"

控制中心巨大的密封门隆隆开启，那五千多名最后的地球派一群群走了出来，在叛军的押送下向海岸走去。一路上两边挤满了人，所有人都冲他们吐唾沫，用冰块和石块砸他们。他们中有人密封服的面罩被砸裂了，外面零下一百多度的严寒使那些人的脸麻木了，但他们仍努力地走下去。我看到一个小女孩，举起一大块冰用尽全身力气狠命地向一个老者砸去，她那双眼睛透过面罩射出疯狂的怒火。

当我听到这五千人全部被判处死刑时，觉得太宽容了。难道仅仅一死吗？这一死就能偿清他们的罪恶吗？！能偿清他们用一个离奇变态的想象和骗局毁掉地球、毁掉人类文明的罪恶吗？他们应该死一万次！这时，我想起了那些做出太阳爆发预测的

天体物理学家，那些设计和建造地球发动机的工程师，他们在一个世纪前就已作古，我现在真想把他们从坟墓中挖出来，让他们也死一万次。

真感谢死刑的执行者们，他们为这些罪犯找了一种好的死法：他们收走了被判死刑的每个人密封服上加热用的核能电池，然后把他们丢在大海的冰面上，让零下百度的严寒慢慢夺去他们的生命。

这些人类文明史上最险恶最可耻的罪犯在冰海上站了黑压压的一片，在岸上有十几万人在看着他们，十几万人牙齿咬得嘣嘣响，十几万双眼睛喷出和那个小女孩一样的怒火。

这时，所有的地球发动机都已关闭，壮丽的群星出现在冰原之上。

我能想象出严寒像无数把尖刀刺进他们的身体，他们的血液在凝固，生命从他们的体内一点点流走，这想象中的感觉变成一种快感，传遍我的全身。看到那些罪犯在严寒的折磨中慢慢死去，岸上的人们快活起来，他们一起唱起了《我的太阳》。我唱着，眼睛看着星空的一个方向，在那个方向上，有一颗稍大些刚刚显出圆盘形状的星星发出黄色的光芒，那就是太阳。

啊，我的太阳，生命之母，万物之父，我的大神，我的上帝！还有什么比您更稳定，还有什么比您更永恒，我们这些渺小的，连灰尘都不如的碳基细菌，拥挤在围着您转的一粒小石头上，竟敢预言您的末日，我们怎么能蠢到这个程度？！

一个小时过去了，海面上那些反人类的罪犯虽然还全都站着，但已没有一个活人，他们的血液已被冻结了。

我的眼睛突然什么都看不见了，几秒钟后，视力渐渐恢复，冰原、海岸和岸上的人群又在眼前慢慢显影，最后完全清晰了，而且比刚才更清晰，因为这个世界现在笼罩在一片强烈的白光中，刚才我眼睛的失明正是由于这突然出现的强光的刺激。但星空没有重现，所有的星光都被这强光所淹没，仿佛整个宇宙都被强光溶化了，这强光从太空中的一点迸发出来，那一点现在成了宇宙中心，那一点就在我刚才盯着的方向。

太阳氦闪爆发了。

《我的太阳》的合唱戛然而止，岸上的十几万人呆住了，似乎同海面上那些人一样，冻成了一片僵硬的岩石。

太阳最后一次把它的光和热洒向地球。地面上的冰结的二氧化碳干冰首先溶化，腾起了一阵白色的蒸汽；然后海冰表面也开始溶化，受热不均的大海冰层发出惊天动地的巨响；渐渐地，照在地面上的光柔和起来，天空出现了微微的蓝色；后来，强烈的太阳风产生的极光在空中出现，苍穹中飘动着巨大的彩色光幕……

在这突然出现的灿烂阳光下，海面上最后的地球派们仍稳稳地站着，仿佛五千多尊雕像。

太阳爆发只持续了很短的时间，两个小时后强光开始急剧减弱，很快熄灭了。在太阳的位置上出现了一个暗红色球体，它的体积慢慢膨胀，最后从这里看它，已达到了在地球轨道上看到的太阳大小，那么它的实际体积已大到越出火星轨道，而水星、火星和金星这三颗地球的伙伴行星这时已在上亿度的辐射中化为一缕轻烟。但它已不是太阳，它不再发出光和热，看去如同贴在太空中一张冰冷的红纸，它那暗红色的光芒似乎是周围星光的散射。这就是小质量恒星演化的最后归宿：红巨星。

50亿年的壮丽生涯已成为飘逝的梦幻，太阳死了。

幸运的是，还有人活着。

流浪时代

当我回忆这一切时，半个世纪已过去了。二十年前，地球航出了冥王星轨道，航出了太阳系，在寒冷广漠的外太空继续着它孤独的航程。

最近一次去地面是十几年前的事了，那是儿子和儿媳陪我去的，儿媳是一个金发碧眼的姑娘，就要做母亲了。

到地面后，我首先注意到，虽然所有地球发动机仍全功率地运行，巨大的光柱却看不到了，这是因为地球大气已消失，等离子体的光芒没有散射的缘故。我看到地面上布满了奇怪的黄绿相间的半透明晶体块，这是固体氧氮，是已冻结的空气。有趣的是空气并没有均匀地冻结在地球表面，而是形成了小山丘似的不规则的隆起，在原来平滑的大海冰原上，这些半透明的小山形成了奇特的景观。银河系的星河纹丝不动地横过天穹，也像被冻结了，但星光很亮，看久了还刺眼呢。

地球发动机将不间断地开动500年，到时地球将加速至光速的千分之五，然后地球将以这个速度滑行1300年，之后地球就走完了三分之二的航程，它将调转发动机的方向，开始长达500年的减速，地球在航行2400年后到达比邻星，再过100年时间，它将泊入这颗恒星的轨道，成为它的一颗卫星。

我知道已被忘却

流浪的航程太长太长

但那一时刻要叫我一声啊

当东方再次出现霞光

我知道已被忘却

起航的时代太远太远

但那一时刻要叫我一声啊

当人类又看到了蓝天

我知道已被忘却

太阳系的往事太久太久

但那一时刻要叫我们一声啊

当鲜花重新挂上枝头

……

  每当听到这首歌，一股暖流就涌进我这年迈僵硬的身躯，我干涸的老眼又湿润了。我好像看到人马座三颗金色的太阳在地平线上依次升起，万物沐浴在它温暖的光芒中。固态的空气融化了，变成了碧蓝的天。两千多年前的种子从解冻的土层中复苏，大地绿了。我看到我的第一百代孙子孙女们在绿色的草原上欢笑，草原上有清澈的小溪，溪中有银色的小鱼……我看到了加代子，她从绿色的大地上向我跑来，年轻美丽，像个天使……

  啊，地球，我的流浪地球……

《我们的田野》系列之一

乡村教师

作者附言：

这篇小说同我以前的作品相比有一些变化，主要是不那么"硬"了，重点放在营造意境上。不要被开头所迷惑，它不是你想象的那种东西。我不敢说它的水准高到哪里去，但从中你将看到中国科幻史上最离奇最不可思议的意境。

他知道，这最后一课要提前讲了。

又一阵剧痛从肝部袭来，几乎使他晕厥过去。他已没力气下床了，便艰难地移近床边的窗口。月光映在窗纸上，银亮亮的，使小小的窗户看上去像是通向另一个世界的门，那个世界的一切一定都是银亮亮的，像用银子和不冻人的雪做成的盆景。他颤颤地抬起头，从窗纸的破洞中望出去，幻觉立刻消失了，他看到了远处自己度过了一生的村庄。

村庄静静地卧在月光下，像是百年前就没人似的。那些黄土高原上特有的平顶小屋，形状上同村子周围的黄土包没啥区别，在月夜中颜色也一样，整个村子仿佛已融入这黄土坡之中。只有村前那棵老槐树很清楚，树上干枯枝杈间的几个老鸦窝更是黑黑的，像是滴在这暗银色画面上的几滴醒目的墨点……其实村子也有美丽温暖的时候，比如秋收时，外面打工的男人女人们大都回来了，村里有了人声和笑声，家家屋顶上是金灿灿的玉米，打谷场上娃们在秸秆堆里打滚；再比如过年的时候，打谷场被汽灯照得通亮，在那里连着几天闹红火，摇旱船，舞狮子。那几个狮子只剩下咔嗒作响的木头脑壳，上面油漆都脱了，村里没钱置新狮子皮，就用几张床单代替，玩得也挺高兴……但十五一过，村里的青壮年都外出打工挣生活去了，村子一下没了生气。只有每天黄昏，当稀拉拉几缕炊烟升起时，村头可能出现一两个老人，扬起山核桃一样的脸，眼巴巴地望着那条通向山外的路，

直到在老槐树挂住的最后一抹夕阳消失。天黑后，村里早早就没了灯光，娃娃和老人们睡得都早，电费贵，现在到了一块八一度了。

这时村里隐约传出了一声狗叫，声音很轻，好像那狗在说梦话。他看着村子周围月光下的黄土地，突然觉得那好像是纹丝不动的水面。要真是水就好了，今年是连着第五个旱年了，要想有收成，又要挑水浇地了。想起田地，他的目光向更远方移去，那些小块的山田，月光下像一个巨人登山时留下的一个个脚印。在这长荆条和毛蒿的石头山上，田也只能是这么东一小块西一小块的，别说农机，连牲口都转不开身，只能凭人力种了。去年一家什么农机厂到这儿来，推销一种微型手扶拖拉机，可以在这些巴掌大的地里干活儿。那东西真是不错，可村里人说他们这是闹笑话哩！他们想过那些巴掌地能产出多少东西来吗？就是绣花似的种，能种出一年的口粮就不错了，遇上这样的旱年，可能种子钱都收不回来呢！为这样的田买那三五千一台的拖拉机，再搭上两块多一升的柴油?！唉，这山里人的难处，外人哪能知晓呢？

这时，窗前走过了几个小小的黑影，这几个黑影在不远的田垄上围成一圈蹲下来，不知要干什么。他知道这都是自己的学生，其实只要他们在近旁，不用眼睛他也能感觉到他们的存在，这直觉是他一生积累出来的，只是在这生命的最后时间里更敏锐了。

他甚至能认出月光下的那几个孩子，其中肯定有刘宝柱和郭翠花。这两个孩子都是本村人，本来不必住校的，但他还是收他们住了。刘宝柱的爹十年前买了个川妹子成亲，生了宝柱，五年后娃大了，对那女人看得也松了，结果有一天她跑回四川了，还卷走了家里所有的钱。这以后，宝柱爹也变得不成样儿了，开始是赌，同村子里那几个老光棍一样，把个家折腾得只剩四堵墙一张床；然后是喝，每天晚上都用八毛钱一斤的地瓜烧把自己灌得烂醉，拿孩子出气，每天一小揍三天一大揍，直到上个月的一天半夜，抢了根烧火棍差点把宝柱的命要了。郭翠花更惨了，要说她妈还是正经娶来的，这在这儿可是个稀罕事，男人也很荣光了，可好景不长，喜事刚办完大家就发现她是个疯子，之所以迎亲时没看出来，大概是吃了什么药。本来嘛，好端端的女人哪会到这穷得鸟都不拉屎的地方来？但不管怎么说，翠花还是生下来了，并艰难地长大。但她那疯妈妈的病也越来越重，犯起病来，白天拿菜刀砍人，晚上放火烧房，更多的时间还是在阴森森地笑，那声音让人汗毛直竖……

剩下的都是外村的孩子了，他们的村子距这里最近的也有十里山路，只能住校了。在这所简陋的乡村小学里，他们一住就是一个学期。娃们来时，除了带自己的铺盖，每人还背了一袋米或面，十多个孩子在学校的那个大灶做饭吃。当冬夜降临时，娃们围在灶边，看着菜面糊糊在大铁锅中翻腾，灶膛里秸秆橘红色的火光映在他们脸上……这是他一生中看到过的最温暖的画面，他会把这画面带到另一个世界的。

窗外的田垄上，在那圈娃们中间，亮起了几点红色的小火星星，在这一片银灰色的月夜的背景上，火星星的红色格外醒目。这些娃们在烧香，接着他们又烧起纸来，火光把娃们的形象以橘红色在冬夜银灰色的背景上显现出来，这使他又想起了那灶边的画面。他脑海中还出现了另外一个类似的画面：当学校停电时（可能是因为线路坏了，但大多数时间是因为交不起电费），他给娃们上晚课。他手里举着一根蜡烛照着黑板，"看见不？"他问，"看不显！"娃们总是这样回答，那么一点点亮光，确实难看清，但娃们缺课多，晚课是必须上的。于是他再点上一根蜡，手里两根举着。"还是不显！"娃们喊，他于是再点上一根，虽然还是看不清，娃们不喊了，他们知道再喊老师也不会加蜡了，蜡太多了也是点不起的。烛光中，他看到下面那群娃们的面容时隐时现，像一群用自己的全部生命拼命挣脱黑暗的小虫虫。

娃们和火光，娃们和火光，总是娃们和火光，总是夜中的娃们和火光，这是这个世界深深刻在他脑子中的画面，但他始终不明其含义。

他知道娃们是在为他烧香和烧纸，他们以前多次这么干过，只是这次，他已没有力气像以前那样斥责他们迷信了。他用尽了一生在娃们的心中燃起科学和文明的火苗，但他明白，同笼罩着这偏远山村的愚昧和迷信相比，那火苗是多么弱小，像这深山冬夜中教室里的那根蜡烛。半年前，村里的一些人来到学校，要从本来已很破旧的校舍取下椽子木，说是修村头的老君庙用。问他们校舍没顶了，娃们以后住哪儿，他们说可以睡教室里嘛，他说那教室四面漏风，大冬天能住？他们说反正都是外村人。他拿起一根扁担和他们拼命，结果被人家打断了两根肋骨。好心人抬着他走了三十多里山路，送到了镇医院。

就是在那次检查伤势时，意外发现他患了食道癌。这并不稀奇，这一带是食道癌高发区。镇医院的医生恭喜他因祸得福，因为他的食道癌现处于早期，还未扩散，动手术就能治愈，食道癌是手术治愈率最高的癌症之一，他算捡了条命。

于是他去了省城，去了肿瘤医院，在那里他问医生动一次这样的手术要多少钱，医生说像你这样的情况可以住我们的扶贫病房，其他费用也可适当减免，最后下来不会太多的，也就两万多元吧。想到他来自偏远山区，医生接着很详细地给他介绍住院手续怎么办，他默默地听着，突然问：

"要是不手术，我还有多长时间？"

医生呆呆地看了他好一阵儿，才说："半年吧。"并不解地看到他长出了一口气，好像得到了很大安慰。

至少能送走这届毕业班了。

他真的拿不出这两万多元。虽然民办教师工资很低，但干了这么多年，孤身一人无牵无挂，按说也能攒下一些钱了。只是他把钱都花在娃们身上了，他已记不清给多少学生代交了学杂费，最近的就有刘宝柱和郭翠花；更多的时候，他看到娃们的饭锅里没有多少油星星，就用自己的工资买些肉和猪油回来……反正到现在，他全部的钱也只有手术所需用的十分之一。

沿着省城那条宽长的大街，他向火车站走去。这时天已黑了，城市的霓虹灯开始发出迷人的光芒，那光芒之多彩之斑斓，让他迷惑；还有那些高楼，一入夜就变成了一盏盏高耸入云的巨大彩灯。音乐声在夜空中飘荡，疯狂的、轻柔的，走一段一个样。

就在这个不属于他的世界里，他慢慢地回忆起自己不算长的一生。他很坦然，各人有各人的命，早在二十年前初中毕业回到山村小学时，他就选定了自己的命。再说，他这条命很大一部分是另一位乡村教师给的。他就是在自己现在任教的这所小学度过童年的，他爹妈死得早，那所简陋的乡村小学就是他的家。他的小学老师把他当亲儿子待，日子虽然穷，但他的童年并不缺少爱。那年，放寒假了，老师要把他带回自己的家里过冬。老师的家很远，他们走了很长的积雪的山路，当看到老师家所在的村子的一点灯光时，已是半夜了。这时他们看到身后不远处有四点绿荧荧亮光，那是两双狼眼。那时山里狼很多的，学校周围就能看到一堆堆狼屎。有一次他淘气，把那灰白色的东西点着扔进教室里，使浓浓的狼烟充满了教室，把娃们都呛得跑了出来，让老师很生气。现在，那两只狼向他们慢慢逼近，老师折下一根粗树枝，挥动着它拦住狼的来路，同时大声喊着让他向村里跑。他当时吓糊涂了，只顾跑，只想着那狼会不会绕过老师来追他，只想着会不会遇到其他的狼。当他上气不接下气地跑进村子，然后同几个拿猎枪的汉子去接老师时，发现他躺在一片已冻成糊状的血泊中，半条腿和整只胳膊都被狼咬掉了。老师在被送往镇医院的路上就咽了气，当时在火把的光芒中，他看到了老师的眼睛，老师的腮帮被深深地咬下一大块，已说不出话，但用目光把一种心急如焚的牵挂传给了他，他读懂了那牵挂，记住了那牵挂。

初中毕业后，他放弃了在镇政府里一个不错的工作机会，直接回到了这个举目无亲的山村，回到了老师牵挂的这所乡村小学。这时，学校因为没有教师已荒废好几年了。

前不久，教委出台新政策，取消了民办教师，其中的一部分经考试考核转为公办。当他拿到教师证时，知道自己已成为一名国家承认的小学教师了，很高兴，但也只是高兴而已，不像别的同事们那么激动。他不在乎什么民办公办，他只在乎那一批又一批的娃们，从他的学校读完了小学，走向生活。不管他们是走出山去还是留在山里，他们的生活同那些没上过一天学的娃们总是有些不一样的。

他所在的山区，是这个国家最贫困的地区之一。但穷不是最可怕的，最可怕的是那里的人们对现状的麻木。记得那是好多年前了，搞包产到户，村里开始分田，然后又分其他的东西。对于村里唯一的一台拖拉机，大伙对于油钱怎么出怎么分配总也谈不拢，最后唯一大家都能接受的办法是把拖拉机分了，真的分了，你家拿一个轮子他家拿一根轴……再就是两个月前，有一家工厂来扶贫，给村里安了一台潜水泵，考虑到用电贵，人家还给带了一台小柴油机和足够的柴油，挺好的事儿，但人家前脚走，村里后脚就把机器都卖了，连泵带柴油机，只卖了一千五百块钱，全村好吃了两顿，算是过了个好年……一家皮革厂来买地建厂，什么都不清楚就把地卖了，那厂子建起后，硝皮子的毒水流进了河里，渗进了井里，人一喝了那些水浑身起红疙瘩，就这也没人在乎，还沾沾自喜那地卖了个好价钱……看村里那些娶不上老婆的光棍汉们，每天除了赌就是喝，但不去种地，他们能算清：穷到了头县里每年总会有些救济，那钱算下来也比在那巴掌大的山地里刨一年土坷垃挣的多……没有文化，人们都变得下作了，那里的穷山恶水固然让人灰心，但真正让人感到没指望的，是山里人那呆滞的目光。

他走累了，就在人行道边坐下来。他面前，是一家豪华的大餐馆，那餐馆靠街的一整堵墙全是透明玻璃，华丽的枝形吊灯把光芒投射到外面。整个餐馆像一个巨大的鱼缸，里面穿着华贵的客人们则像一群多彩的观赏鱼。他看到在靠街的一张桌子旁坐着一个胖男人，这人头发和脸似乎都在冒油，使他看上去像是用一大团表面涂了油的蜡做的。他两旁各坐着一个身材高挑穿着暴露的女郎，那男人转头对一个女郎说了句什么，把她逗得大笑起来，那男人跟着笑起来，而另一个女郎则娇嗔地用两个小拳头捶那个男人……真没想到还有个子这么高的女孩子，秀秀的个儿，大概只到她们一半……他叹了口气，唉，又想起秀秀了。

秀秀是本村唯一一个没有嫁到山外的姑娘，也许是因为她从未出过山，怕外面的世界，也许是别的什么原因。他和秀秀好过

两年多，最后那阵好像就成了，秀秀家里也通情达理，只要一千五百块的肚疼钱（注：西北一些农村地区彩礼的一个名目，意思是对娘生女儿肚子疼的补偿）。但后来，村子里一些出去打工的人赚了些钱回来，和他同岁的二蛋虽不识字但脑子活，去城里干起了挨家挨户清洗抽油烟机的活儿，一年下来竟能赚个万把块。前年回来待了一个月，秀秀不知怎的就跟这个二蛋好上了。秀秀一家全是睁眼瞎，家里粗糙的干打垒墙壁上，除了贴着一团一团用泥巴和起来的瓜种子，还划着长长短短的道道儿，那是她爹多少年来记的账……秀秀没上过学，但自小对识文断字的人有好感，这是她同他好的主要原因。但二蛋的一瓶廉价香水和一串镀金项链就把这种好感全打消了，"识文断字又不能当饭吃。"秀秀对他说。虽然他知道识文断字是能当饭吃的，但具体到他身上，吃的确实比二蛋差好远，所以他也说不出什么。秀秀看他那样儿，转身走了，只留下一股让他皱鼻子的香水味。

　　和二蛋成亲一年后，秀秀生娃儿死了。他还记得那个接生婆，把那些锈不拉叽的刀刀铲铲放到火上烧一烧就向里捅，秀秀可倒霉了，血流了一铜盆，在送镇医院的路上就咽气了。成亲办喜事儿的时候，二蛋花了三万块，那排场在村里真是风光死了，可他怎的就舍不得花点钱让秀秀到镇医院去生娃呢？后来他一打听，这花费一般也就两三百，就两三百呀。但村里历来都是这样儿，生娃是从不去医院的。所以没人怪二蛋，秀秀就这命。后来他听说，比起二蛋妈来，她还算幸运。生二蛋时难产，二蛋爹从产婆那儿得知是个男娃，就决定只要娃了。于是二蛋妈被放到驴子背上，让那驴子一圈圈走，硬是把二蛋挤出来，听当时看见的人说，院子里血流了一圈……

想到这里他长出了一口气，笼罩着家乡的愚昧和绝望使他窒息。

但娃们还是有指望的，那些在冬夜寒冷的教室中，盯着烛光照着的黑板的娃们，他就是那蜡烛，不管能点多长时间，发出的光有多亮，他总算是从头点到尾了。

他站起身来继续走，没走多远就拐进了一家书店，城里就是好，还有夜里开门的书店。除了回程的路费，他把身上所有的钱都买了书，以充实他的乡村小学里那小小的图书室。半夜，提着那两捆沉重的书，他踏上了回家的火车。

在距地球五万光年的远方，在银河系的中心，一场延续了两万年的星际战争已接近尾声。

那里的太空中渐渐隐现出一个方形区域，仿佛灿烂的群星的背景被剪出一个方口，这个区域的边长约十万公里，区域的内部是一种比周围太空更黑的黑暗，让人感到一种虚空中的虚空。从这黑色的正方形中，开始浮现出一些实体，它们形状各异，都有月球大小，呈耀眼的银色。这些物体越来越多，并组成一个整齐的立方体方阵。这银色的方阵庄严地驶出黑色正方形，两者构成了一幅挂在宇宙永恒墙壁上的镶嵌画，这幅画以绝对黑体的正方形天鹅绒为衬底，由纯净的银光耀眼的白银小构件整齐地镶嵌而

成。这又仿佛是一首宇宙交响乐的固化。渐渐地，黑色的正方形消融在星空中，群星填补了它的位置，银色的方阵庄严地悬浮在群星之间。

银河系碳基联邦的星际舰队，完成了本次巡航的第一次时空跃迁。

在舰队的旗舰上，碳基联邦的最高执政官看着眼前银色的金属大地，大地上布满了错综复杂的纹路，像一块无限广阔的银色蚀刻电路板，不时有几个闪光的水滴状的小艇出现在大地上，沿着纹路以令人目眩的速度行驶几秒钟，然后无声地消失在一口突然出现的深井中。时空跃迁带过来的太空尘埃被电离，成为一团团发着暗红色光的云，笼罩在银色大地的上空。

最高执政官以冷静著称，他周围那似乎永远波澜不惊的淡蓝色智能场就是他人格的象征，但现在，像周围的人一样，他的智能场也微微泛出黄光。

"终于结束了。"最高执政官的智能场振动了一下，把这个信息传送给站在他两旁的参议员和舰队统帅。

"是啊，结束了。战争的历程太长太长，以至于我们都忘记了它的开始。"参议员回答。

这时，舰队开始了亚光速巡航，它们的亚光速发动机同时启动，旗舰周围突然出现了几千个蓝色的太阳，银色的金属大地像一面无限广阔的镜子，把蓝太阳的数量又复制了一倍。

远古的记忆似乎被点燃了，其实，谁能忘记战争的开始呢？这记忆虽然遗传了几百代，但在碳基联邦的万亿公民的脑海中，它仍那么鲜活，那么铭心刻骨。

两万年前的那一时刻，硅基帝国从银河系外围对碳基联邦发动全面进攻。在长达一万光年的战线上，硅基帝国的五百多万艘星际战舰同时开始恒星蛙跳。每艘战舰首先借助一颗恒星的能量打开一个时空虫洞，然后从这个蛀洞时空跃迁至另一个恒星，再用这颗恒星的能量打开第二个蛀洞继续跃迁……由于打开蛀洞消耗了恒星大量的能量，使得恒星的光谱暂时向红端移动，当飞船从这颗恒星完成跃迁后，它的光谱渐渐恢复原状。当几百万艘战舰同时进行恒星蛀跳时，所产生的这种效应是十分恐怖的：银河系的边缘出现一条长达一万光年的红色光带，这条光带向银河系的中心移过来。这个景象在光速视界是看不到的，但在超空间监视器上显示出来。那条由变色恒星组成的红带，如同一道一万光年长的血潮，向碳基联邦的疆域涌来。

碳基联邦最先接触硅基帝国攻击前锋的是绿洋星，这颗美丽的行星围绕着一对双星恒星运行，她的表面全部被海洋覆盖。那生机盎然的海洋中漂浮着由柔软的长藤植物构成的森林，温和美丽，身体晶莹透明的绿洋星人在这海中的绿色森林间轻盈地游动，创造了绿洋星伊甸园般的文明。突然，几万道刺目的光束从天而降，硅基帝国舰队开始用激光蒸发绿洋星的海洋。在很短的时间内，绿洋星变成了一口沸腾的大锅，这颗行星上包括五十亿绿洋星人在内的所有生物在沸水中极度痛苦地死去，它们被煮熟的有机质使整个海洋变成了绿色的浓汤。最后海洋全部蒸发了，昔日美丽的绿洋星变成了一个由厚厚蒸汽包裹着的地狱般的灰色行星。

这是一场几乎波及整个银河系的星际大战，是银河系中碳基和硅基文明之间惨烈的生存竞争，但双方谁都没有料到战争会持续两万银河年！

现在，除了历史学家，谁也记不清有百万艘以上战舰参加的大战役有多少次了。规模最大的一次超级战役是第二旋臂战役，战役在银河系第二旋臂中部进行，双方投入了上千万艘星际战舰。据历史记载，在那广漠的战场上，被引爆的超新星就达两千多颗，那些超新星向第二旋臂中部黑暗太空中怒放的焰火，使那里变成超强辐射的海洋，只有一群群幽灵似的黑洞飘行其间。战役的最后，双方的星际舰队几乎同归于尽。一万五千年过去了，第二旋臂战役现在听起来就像上古时代缥缈的神话，只有那仍然存在的古战场证明它确实发生过。但很少有飞船真正进入过古战场，那里是银河系中最恐怖的区域，这并不仅仅是因为辐射和黑洞。当时，双方数量多得难以想象的战舰群为了进行战术机动，进行了大量的超短距离时空跃迁，据说当时的一些星际歼击机，在空间格斗时，时空跃迁的距离竟短到令人难以置信的几千米！这样就把古战场的时空结构搞得千疮百孔，像一块内部被老鼠钻了无数长洞的大乳酪。飞船一旦误入这个区域，可能在一瞬间被畸变的空间扭成一根细长的金属绳，或压成一张面积有几亿平方公里但厚度只有几个原子的薄膜，立刻被辐射狂风撕得粉碎。但更为常见的是飞船变为建造它们时的一块块钢板，或者立刻老得只剩下一个破旧的外壳，内部的一切都变成古老灰尘；人在这里也可能瞬间回到胚胎状态或变成一堆白骨……

但最后的决战不是神话，它就发生在一年前。在银河系第一和第二旋臂之间的荒凉太空中，硅基帝国集结了最后的力量，这支由一百五十万艘星际战舰组成的舰队在自己周围构筑了半径一千光年的反物质云屏障。碳基联邦投入攻击的第一个战舰群刚完成时空跃迁就陷入了反物质云中。反物质云十分稀薄，但对战舰具有极大的杀伤力，碳基联邦的战舰立刻变成一个个刺目的火球，但它们仍奋勇冲向目标。每艘战舰都拖着长长的火尾，在后面留一条发着荧光的航迹，这由三十多万个火流星组成的阵列形成了碳硅战争中最为壮观最为惨烈的画面。在反物质云中，这些火流星渐渐缩小，最后在距硅基帝国战舰阵列很近的地方消失了，但它们用自己的牺牲为后续的攻击舰队在反物质云中打开了一条通道。在这场战役中，硅基帝国的最后舰队被赶到银河系最荒凉的区域：第一旋臂的顶端。

现在，这支碳基联邦舰队将完成碳硅战争中最后一项使命：他们将在第一旋臂的中部建立一条五百光年宽的隔离带，隔离带中的大部分恒星将被摧毁，以制止硅基帝国的恒星蛙跳。恒星蛙跳是银河系中大吨位战舰进行远距离快速攻击的唯一途径，而一次蛙跳的最大距离是两百光年。隔离带一旦产生，硅基帝国的重型战舰要想进入银河系中心区域，只能以亚光速跨越这五百光年的距离，这样，硅基帝国实际上被禁锢在第一旋臂顶端，再也无法对银河系中心区域的碳基文明构成任何严重威胁。

"我带来了联邦议会的意愿，"参议员用振动的智能场对最高执政官说，"他们仍然强烈建议，在摧毁隔离带中的恒星前，对它们进行生命级别的保护甄别。"

"我理解议会，"最高执政官说，"在这场漫长的战争中，各种生命流出的血足够形成上千颗行星的海洋了，战后，银河系中最迫切需要重建的是对生命的尊重。这种尊重不仅是对碳基生命的，也是对硅基生命的，正是基于这种尊重，碳基联邦才没有彻底消灭硅基文明。但硅基帝国并没有这种对生命的感情，如果说碳硅战争之前，战争和征服对于它们还仅仅是一种本能和乐趣的话，现在这种东西已根植于它们的每个基因和每行代码之中，成为它们生存的终极目的。由于硅基生物对信息的存贮和处理能力大大高于我们，可以预测硅基帝国在第一旋臂顶端的恢复和发展将是神速的，所以我们必须在碳基联邦和硅基帝国之间建成足够宽的隔离带。在这种情况下，对隔离带中数以亿计的恒星进行生命级别的保护甄别是不现实的，第一旋臂虽属银河系中最荒凉的区域，但其带有生命行星的恒星数量仍可能达到蛙跳密度，这种密度足以使中型战舰进行蛙跳，而即使只有一艘硅基帝国的中型战舰闯入碳基联邦的疆域，可能造成的破坏也是巨大的。所以在隔离带中只能进行文明级别的甄别。我们不得不牺牲隔离带中某些恒星周围的低级生命，是为了拯救银河系中更多的高级和低级生命。这一点我已向议会说明。"

参议员说："议会也理解您和联邦防御委员会，所以我带来的只是建议而不是立法。但隔离带中周围已形成 3C 级以上文明的恒星必须被保护。"

"这一点无须质疑，"最高执政官的智能场闪现出坚定的红色，"对隔离

带中带有行星的恒星的文明检测将是十分严格的！"

舰队统帅的智能场第一次发出信息："其实我觉得你们多虑了，第一旋臂是银河系中最荒凉的荒漠，那里不会有 3C 级以上文明的。"

"但愿如此。"最高执政官和参议员同时发出了这个信息，他们智能场的共振使一道弧形的等离子体波纹向银色金属大地的上空扩散开去。

舰队开始了第二次时空跃迁，以近乎无限的速度奔向银河系的第一旋臂。

夜深了，烛光中，全班的娃们围在老师的病床前。

"老师歇着吧，明儿个讲也行的。"一个男娃说。

他艰难地苦笑了一下，"明儿个有明儿个的课。"

他想，如果真能拖到明天当然好，那就再讲一堂课。但直觉告诉他怕是不行了。

他做了个手势，一个娃把一块小黑板放到他胸前的被单上，这最后一个月，他就是这样把课讲下来的。他用软弱无力的手接过娃递过来的半截粉笔，吃力地把粉笔头放到黑板上，这时又一阵剧痛袭来，手颤抖了几下，粉笔哒哒地在黑板上敲出了几个白点儿。从省城回来后，他再也没去过医院。两个月后，他的肝部疼了起来，他知道癌细胞已转移到那儿了，这种疼痛越来越厉害，最后变成了压倒一切的痛苦。他一只手在枕头下摸索着，找出了一些止痛片，是最常见的用塑料长条包装的那种。对于癌症晚期的剧疼，这药已经没有任何作用，可能是由于精神暗示，他吃了后总觉得好一些。杜冷丁倒是也不算贵，但医院不让带出来用，就是带回来也没人给他注射。他像往常一样从塑料条上取下两片药来，但想了想，便把所有剩下的 12 片全剥出来，一把吞了下去，他知道以后再也用不着了。他又挣扎着想向黑板上写字，但头突然偏向一边，一个娃赶紧把盆接到他嘴边，他吐出了一口黑红的血，然后虚弱地靠在枕头上喘息着。

娃们中传出了低低的抽泣声。

他放弃了在黑板上写字的努力，无力地挥了一下手，让一个娃把黑板拿走。他开始说话，声音如游丝一般。

"今天的课同前两天一样，也是初中的课。这本来不是教学大纲上要求的，我是想到，你们中的大部分人，这一辈子永远也听不到初中的课了，所以我最后讲一讲，也让你们知道稍深一些的学问是什么样子。昨天讲了鲁迅的《狂人日记》，你们肯定不大懂，不管懂不懂都要多看几遍，最好能背下来，等长大了，总会懂的。鲁迅是个很了不起的人，他的书每一个中国人都应该读读的，你们将来也一定找来读读。"

他累了，停下来喘息着歇歇，看着跳动的烛光，鲁迅写下的几段文字在他的脑海中浮现出来。那不是《狂人日记》中的，课本上没有，他是从自己那套本数不全已经翻烂的鲁迅全集上读到的，许多年前读第一遍时，那些文字就深深地刻在他脑子里。

"假如一间铁屋子，是绝无窗户而万难破毁的，里面有许多熟睡的人们，不久都要闷死了，然而是从昏睡入死灭，并不感到就死的悲哀。现在你大嚷起来，惊起了较为清醒的几个人，使这不幸的少数者来受无可挽救的临终的苦楚，你倒以为对得起他们么？

"然而几个人既然起来，你不能说绝没有毁坏这铁屋的希望。"

他用尽最后的力气，接着讲下去。

"今天我们讲初中物理。物理你们以前可能没有听说过，它讲的是物质世界的道理，是一门很深很深的学问。

"这课讲牛顿三定律。牛顿是从前的一个英国大科学家，他说了三句话，这三句话很神的，它把人间天上所有的东西的规律都包括进去了，上到太阳月亮，下到流水刮风，都跑不出这三句话划定的圈圈。用这三句话，可以算出什么时候日食，就是村里老人说的天狗吃太阳，一分一秒都不差的；人飞上月球，也要靠这三句话，这就是牛顿三定律。

"下面讲第一定律：当一个物体没有受到外力作用时，它将保持静止或匀速直线运动不变。"

娃们在烛光中默默地看着他，没有反应。

"就是说，你猛推一下谷场上那个石碾子，它就一直滚下去，滚到天边也不停下来。宝柱你笑什么？是啊，它当然不会那样，这是因为有摩擦力，摩擦力让它停下来，这世界上，没有摩擦力的环境可是没有的……"

是啊，他人生的摩擦力就太大了。在村里他是外姓人，本来就没什么分量，加上他这个倔脾气，这些年来把全村人都得罪下了。他挨家挨户拉人家的娃入学，跑到县里，把跟着爹做买卖的娃拉回来上学，拍着胸脯保证垫学费……这一切并没有赢得多少感激，关键在于，他对过日子看法同周围人太不一样，成天想的说的，都是些不着边际的事，这是最让人讨厌的。在他查出病来之前，他曾跑县里，居然从教育局跑回一笔维修学校的款子，村子里只拿出了一小部分，想过节请个戏班子唱两天戏，结果让他搅了，愣从县里拉个副县长来，让村里把钱拿回来，可当时戏台子都搭好了。学校倒是修了，但他扫了全村人的兴，以后的日子更难过。先是村里的电工，村长的侄子，把学校的电掐了，接着做饭取暖用的秸秆村里也不给了，害得他扔下自个的地下不了种，一人上山打柴，更别提后来拆校舍的房椽子那事了……这些摩擦力无所不在，让他心力交瘁，让他无法做匀速直线运动，他不得不停下来了。

也许，他就要去的那个世界是没有摩擦力的，那里的一切都是光滑可爱的，但那有什么意义？在那边，他心仍留在这个充满灰尘和摩擦力的世界上，留在这所他倾注了全部生命的乡村小学里。他不在了以后，剩下的两个教师也会离去，这所他用力推了一辈子的小学校就会像谷场上那个石

碾子一样停下来，他陷入深深的悲哀，但不论在这个世界或是那个世界，他都无力回天。

"牛顿第二定律比较难懂，我们最后讲，下面先讲牛顿第三定律：当一个物体对第二个物体施加一个力，这第二个物体也会对第一个物体施加一个力，这两个力大小相等，方向相反。"

娃们又陷入了长时间的沉默。

"听懂了没？谁说说？"

班上学习最好的赵拉宝说："我知道是啥意思，可总觉得说不通：晌午我和李权贵打架，他把我的脸打得那么痛，肿起来了，所以作用力不相等的，我受的肯定比他大嘛！"

喘息了好一会，他才解释说："你痛是因为你的腮帮子比权贵的拳头软，它们相互的作用力还是相等的……"

他想用手比划一下，但手已抬不起来了，他感到四肢像铁块一样沉，这沉重感很快扩展到全身，他感到自己的躯体像要压塌床板，陷入地下似的。

时间不多了。

"目标编号：1033715，绝对目视星等：3.5，演化阶段：主星序偏上，发现两颗行星，平均轨道半径分别为 1.3 和 4.7 个距离单位，在一号行星上发现生命，这是红 69012 舰报告。"

碳基联邦星际舰队的十万艘战舰目前已散布在一条长一万光年的带状区域中，这就是正在建立的隔离带。工程刚刚开始，只是试验性地摧毁了五千颗恒星，其中带有行星的只有 137 颗，而行星上有生命的这是第一颗。

"第一旋臂真是个荒凉的地方啊。"最高执政官感叹道。他的智能场振

动了一下，用全息图隐去了脚下的旗舰和上方的星空，使他、舰队统帅和参议员悬浮于无际的黑色虚空中。接着，他调出了探测器发回的图像：虚空出现了一个发着蓝光的火球，最高执政官的智能场产生了一个白色的方框，那方框调整大小，圈住了这颗恒星并把它的图像隐去了，他们于是又陷入无边的黑暗之中，但这黑暗中有一个小小的黄色光点，图像的焦距开始大幅度调整，行星的图像以令人目眩的速度推向前来，很快占满了半个虚空，三个人都沉浸在它反射的橙黄色光芒中。

这是一颗被浓密大气包裹着的行星，在它那橙黄色的气体海洋上，汹涌的大气运动描绘出了极端复杂的不断变幻的线条。行星图像继续移向前来，直到占据了整个宇宙，三个人被橙黄色的气体海洋吞没了。探测器带着他们在这浓雾中穿行，很快雾气稀薄了一些，他们看到了这颗行星上的生命。

那是一群在浓密大气上层飘浮的气球状生物，表面有着美丽的花纹，那花纹不停在变幻着色彩和形状，时而呈条纹状，时而呈斑点状，不知这是不是一种可视语言。每个气球都有一条长尾，那长尾的尾端不时炫目地闪烁一下，光沿着长尾传到气球上，化为一片弥漫的荧光。

"开始四维扫描！"红69012舰上的一名上尉值勤军官说。

一束极细的波束开始从上至下飞快地扫描那群气球。这束波只有几个原子粗细，但它的波管内的空间维度比外部宇宙多一维。扫描数据传回舰上，在主计算机的内存中，那群气球被切成了几亿亿个薄片，每个薄片的厚度只有一个原子的尺度，在这个薄片上，每个夸克的状态都被精确地记录下来。

"开始数据镜像组合！"

主计算机的内存中，那几亿亿个薄片按原有顺序叠加起来，很快，组

合成一群虚拟气球，在计算机内部广漠的数字宇宙中，这个行星上的那群生物体有了精确的复制品。

"开始 3C 级文明测试！"

在数字宇宙中，计算机敏锐地定位了气球的思维器官，它是悬在气球内部错综复杂的神经丛中间的一个椭圆体。计算机在瞬间分析了这个大脑的结构，并越过所有低级感官，直接同它建立了高速信息接口。

文明测试是从一个庞大的数据库中任意地选取试题，测试对象如果能答对其中三道，则测试通过；如果头三道题没有答对，测试者有两种选择：可以认为测试没有通过，或者继续测试，题数不限，直到被测试者答对的题数达到三道，这时可认为其通过测试。

"3C 文明测试试题 1 号：请叙述你们已探知的组成物质的最小单元。"

"滴滴，嘟嘟嘟，滴滴滴滴。"气球回答。

"1 号试题测试未通过。3C 文明测试试题 2 号：你们观察到物体中热能的流向有什么特点？这种流向是否可逆？"

"嘟嘟嘟，滴滴，滴滴嘟嘟。"气球回答。

"2 号试题测试未通过。3C 文明测试试题 3 号：圆的周长和它的直径之比是多少？"

"滴滴滴滴嘟嘟嘟嘟嘟。"气球回答。

"3 号试题测试未通过。3C 文明测试试题 4 号……"

"到此为止吧，"当测试题数达到 10 道时，最高执政官说，"我们时间不多。"他转身对旁边的舰队统帅示意了一下。

"发射奇点炸弹！"舰队统帅命令。

奇点炸弹实际上是没有大小的，它是一个严格意义上的几何点，一个原子同它相比都是无穷大，虽然最大的奇点炸弹质量有上百亿吨，最小的也有几千万吨。但当一颗奇点炸弹沿着长长的导轨从红69012舰的武器舱中滑出时，却可以看到一个直径达几百米的发着幽幽荧光的球体，这荧光是周围的太空尘埃被吸入这个微型黑洞时产生的辐射。同那些恒星引力坍缩形成的黑洞不同，这些小黑洞在宇宙创世之初就形成了，它们是大爆炸前的奇点宇宙的微缩模型。碳基联邦和硅基帝国都有庞大的船队，游弋在银河系银道面外的黑暗荒漠搜集这些微型黑洞，一些海洋行星上的种群把它们戏称为"远洋捕鱼船队"，而这些船队带回的东西，是银河系中最具威慑力的武器之一，是迄今为止唯一能够摧毁恒星的武器。

奇点炸弹脱离导轨后，沿一条由母舰发出的力场束加速，直奔目标恒星。过了不长的一段时间，这颗灰尘似的黑洞高速射入了恒星表面火的海洋。想象在太平洋的中部突然出现一个半径一百公里的深井，就可以大概把握这时的情形。巨量的恒星物质开始被吸入黑洞，那汹涌的物质洪流从所有方向汇聚到一点并消失在那里，物质吸入时产生的辐射在恒星表面产生一团刺目的光球，仿佛恒星戴上了一个光彩夺目的钻石戒指。随着黑洞向恒星内部沉下去，光团暗淡下来，可以看到它处于一个直径达几百万公里的大旋涡正中，那巨大的旋涡散射着光团的强光，缓缓转动着，呈现出飞速变幻的色彩，使恒星从这个方向看去仿佛是一张狰狞的巨脸。很快，光团消失了，旋涡渐渐消失，恒星表面似乎又恢复了它原来的色彩和光度。但这只是毁灭前最后的平静，随着黑洞向恒星中心下沉，这个贪婪的饕餮者更疯狂地吞食周围密度急剧增高的物质，它在一秒钟内吸入的恒星物质总量可能有上百个中等行星。黑洞巨量吸入时产生的超强辐射向恒星表面漫延，由于恒星物质的阻滞，只有一小部分到达了表面，但其余的辐射把它们的能量留在了恒星内部，这能量快速破坏着恒星的每一个细胞，从整体上把它飞快地拉离平衡态。从外部看，恒星的色彩在缓缓变化，由浅红色变为明黄色，从明黄色变为鲜艳的绿色，从绿色变为如洗的碧蓝，从碧蓝变为恐怖的紫色。这时，在恒星中心的黑洞产生的辐射能已远远大于恒星本身辐射的能量，随着更多的能量以非可见光形式溢出恒星，这紫色在加深，这颗恒星看上去像太空中一个在忍受着超级痛苦的灵魂，这痛苦在急剧增大，紫色已深到了极限，这颗恒星用不到一个小时的时间走完了它未来几十亿年的旅程。

一团似乎吞没整个宇宙的强光闪起，然后慢慢消失，在原来恒星所在的位置上，可以看到一个急剧膨胀的薄球层，像一个被吹大的气球，这是被炸飞的恒星表面。随着薄球层体积的增大，它变得透明了，可以看到它内部的第二个膨胀的薄球层，然后又可以看到更深处的第三个薄球层……这个爆炸中的恒星，就像宇宙中突然显现的一个套一个的一组玲珑剔透的镂花玻璃球，其中最深处的一个薄球层的体积也是恒星原来体积的几十万倍。当爆炸的恒星的第一层膨胀外壳穿过那个橙黄色行星时，它立刻被汽化了。其实在这整个爆炸的壮丽场景中根本就看不到它，同那膨胀的恒星外壳相比，它只是一粒微不足道的灰尘，其大小甚至不能成为那几层镂花玻璃球上的一个小点。

"你们感到消沉？"舰队统帅问，他看到最高执政官和参议员的智能场暗下来了。

"又一个生命世界毁灭了，像烈日下的露珠。"

"那您就想想伟大的第二旋臂战役，当两千多颗超新星被引爆时，有十二万个这样的世界同碳硅双方的舰队一起化为蒸汽。阁下，时至今日，我们应该超越这种无谓的多愁善感了。"

参议员没有理会舰队统帅的话，也对最高执政官说："这种对行星表面取随机点的检测方式是不可靠的，可能漏掉行星表面的文明特征，我们应该进行面积检测。"

最高执政官说："这一点我也同议会讨论过，在隔离带中我们要摧毁的恒星有上亿颗，这其中估计有一千万个行星系，行星数量可能达五千万颗，我们时间紧迫，对每颗行星都进行面积检测是不现实的。我们只能尽量加宽检测波束，以增大随机点覆盖的面积，除此之外，只能祈祷隔离带中那些可能存在的文明在其星球表面的分布尽量均匀了。"

"下面我们讲牛顿第二定律……"

他心急如焚，极力想在有限的时间里给娃们多讲一些。

"一个物体的加速度，与它所受的力成正比，与它的质量成反比。首先，加速度，这是速度随时间的变化率，它与速度是不同的，速度大加速度不一定大，加速度大速度也不一定大。比如：一个物体现在的速度是 110 米每秒，2 秒后的速度是 120 米每秒，那么它的加速度就是 120 减 110 除 2,5 米每秒，呵，不对，5 米每秒的平方；另一个物体现在的速度是 10 米每秒，2 秒后的速度是 30 米每秒，那么它的加速度就是 30 减 10 除 2，10 米每秒平方；看，后面这个物体虽然速度小，但加速度大！呵，刚才说到平方，平方就是一个数自个儿乘自个……"

他惊奇自己的头脑如此清晰，思维如此敏捷，他知道，自己生命的蜡烛已燃到根上，棉芯倒下了，把最后的一小块蜡全部引燃了，一团比以前的烛苗亮十倍的火焰熊熊燃烧起来。剧痛消失了，身体也不再沉重，其实他已感觉不到身体的存在，他的全部生命似乎只剩下那个在疯狂运行的大脑，那个悬在空中的大脑竭尽全力，尽量多尽量快地把自己存贮的信息输出给周围的娃们，但说话是个该死的瓶颈，他知道来不及了。他产生了一个幻象：一把水晶样的斧子把自己的大脑无声地劈开，他一生中积累的那些知识，虽不是很多但他很看重的，像一把发光的小珠子毫无保留地落在地上，发出一阵悦耳的叮当声，娃们像见到过年的糖果一样抢那些小珠子，抢得摆成一堆……这幻象让他有一种幸福的感觉。

"你们听懂了没？"他焦急地问，他的眼睛已经看不到周围的娃们，但还能听到他们的声音。

"我们懂了！老师快歇着吧！"

他感觉到那团最后的火焰在弱下去，"我知道你们不懂，但你们把它背下来，以后慢慢会懂的。一个物体的加速度，与它所受的力成正比，与它的质量成反比。"

"老师，我们真懂了，求求你快歇着吧！"

他用尽最后的力气喊道："背呀！"

娃们抽泣着背了起来："一个物体的加速度，与它所受的力成正比，与它的质量成反比。一个物体的加速度，与它所受的力成正比，与它的质量成反比……"

这几百年前就在欧洲化为尘土的卓越头脑产生的思想，以浓重西北方言的童音在二十世纪中国最偏僻的山村中回荡，就在这声音中，那烛苗灭了。

娃们围着老师已没有生命的躯体大哭起来。

"目标编号：500921473，绝对目视星等：4.71，演化阶段：主星序正中，带有九颗行星。这是蓝84210号舰报告。"

"一个精致完美的行星系。"舰队统帅赞叹。

最高执政官很有同感："是的，它的固态小体积行星和气液态大体积行星的配置很有韵律感，小行星带的位置恰到好处，像一条美妙的装饰链。还有最外侧那颗小小的甲烷冰行星，似乎是这首音乐最后一个余音未尽的音符，暗示着某种新周期的开始。"

"这是蓝84210号舰，将对最内侧1号行星进行生命检测，检测波束发射。该行星没有大气，自转缓慢，温差悬殊。1号随机点检测，白色结果；2号随机点检测，白色结果……10号随机点检测，白色结果。蓝84210号舰报告，该行星没有生命。"

舰队统帅不以为然地说："这颗行星的表面温度可以当冶炼炉了，没必要浪费时间。"

"开始2号行星生命检测，波束发射。该行星有稠密大气，表面温度较高且均匀，大部为酸性云层覆盖。1号随机点检测，白色结果；2号随机点检测，白色结果……10号随机点检测，白色结果。蓝84210号舰报告，该行星没有生命。"

通过四维通信，最高执政官对一千光年之外蓝84210号舰上的值勤军官说："直觉告诉我，3号行星有生命可能性很大，在它上面检测30个随机点。"

“阁下，我们时间很紧了。”舰队统帅说。

“照我说的做。”最高执政官坚定地说。

“是，阁下。开始 3 号行星生命检测，波束发射。该行星有中等密度的大气，表面大部为海洋覆盖……”

来自太空的生命检测波束落到了亚洲大陆靠南一些的一点上，波束在地面上形成了一个约五千米的圆形。如果是在白天，用肉眼有可能觉察到波束的存在，因为当波束到达时，在它的覆盖范围内，一切无生命的物体都将变成透明状态。现在它覆盖的中国西北的这片山区，那些黄土山在观察者的眼里将如同水晶的山脉，阳光在这些山脉中折射，将是一幅十分奇异壮观的景象，观察者还会看到脚下的大地也变成深不可测的深渊；而被波束判断为有生命的物体则保持原状态不变，人、树木和草在这水晶世界中显得格外清晰醒目。但这效应只持续半秒钟，这期间检测波束完成初始化，之后一切恢复原状。观察者肯定会认为自己产生了一瞬间的幻觉。而现在，这里正是深夜，自然难以觉察到什么了。

这所山村小学，正好位于检测波束圆形覆盖区的圆心上。

“1 号随机点检测，结果……绿色结果，绿色结果！蓝 84210 号舰报告，目标编号：500921473，第 3 号行星发现生命！”

检测波束对覆盖范围内的众多种类生命体进行分类，在以生命结构的复杂度和初步估计的智能等级进行排序的数据库中，在一个方形掩蔽物下的那一簇生命体排在首位。于是波束迅速收缩，汇聚到那座掩蔽物上。

最高执政官的智能场接收到从蓝 84210 号舰上发回的图像，并把它放

大到整个太空背景上，那所山村小学的影像在瞬间占据了整个宇宙。图像处理系统已经隐去了掩蔽物，但那簇生命体的图像仍不清晰，这些生命体的外形太不醒目了，几乎同周围行星表面的以硅元素为主的黄色土壤融为一体。计算机只好把图像中所有的无生命部分，包括这些生命体中间的那具体形较大的已没有生命的躯体，全部隐去，这样那一簇生命体就仿佛悬浮在虚空之中，即使如此，它们看上去仍是那么平淡和缺乏色彩，像一簇黄色的植物，一看就知是那种在他们身上不会发生任何奇迹的生物。

一束纤细的四维波束从蓝84210号舰发射，这艘有一个月球大小的星际战舰正停泊在木星轨道之外，使太阳系暂时多了一颗行星。那束四维波束在三维太空中以接近无限的速度到达地球，穿过那所乡村小学校舍的屋顶，以基本粒子的精度对这十八个孩子进行扫描。数据的洪流以人类难以想象的速率传回太空，很快，在蓝84210号舰主计算机那比宇宙更广阔的内存中，孩子们的数字复制体形成了。

十八个孩子悬浮在一个无际的空间里，那空间呈一种无法形容的色彩，实际上那不是色彩，虚无是没有色彩的，虚无是透明中的透明。孩子们都不由想拉住旁边的伙伴，他们看上去很正常，但手从他们身体里毫无阻力地穿过去了。孩子们感到了难以形容的恐惧。计算机觉察到了这一点，它认为这些生命体需要一些熟悉的东西，于是在自己的内存宇宙的这一部分模拟这个行星天空的颜色。孩子们立刻看到了蓝天，没有太阳没有云更没有浮尘，只有蓝色，那么纯净，那么深邃。孩子们的脚下没有大地，也是与头顶一样的蓝天，他们似乎置身于一个无限的蓝色宇宙中，而他们是这宇宙中唯一的实体。计算机感觉到，这些数字生命体仍然处于惊恐中，它用了亿分之一秒想了想，终于明白了：银河系中大多数生命体并不惧怕悬浮于虚空之中，但这些生命体不同，他们是大地上的生物。于是它给了孩子们一个大地，并给了他们重力感。孩子们惊奇地看着脚下突然出现的大地，它是纯白色的，上面有黑线划出的整齐方格，他们仿佛站在一个无限广阔的语文作业本上。他们中有人蹲下来摸摸地面，这是他们见过的最光滑的东西，他们迈开双脚走，但原地不动，这地面是绝对光滑的，摩擦力为零，他们很惊奇自己为什么不会滑倒。这时有个孩子脱下自己的一只鞋子，沿着地面扔出去，那鞋子以匀速直线运行向前滑去，孩子们呆呆地看着它以恒定的速度渐渐远去。

他们看到了牛顿第一定律。

有一个声音，空灵而悠扬，在这数字宇宙中回荡。

"开始 3C 级文明测试，3C 文明测试试题 1 号：请叙述你所在星球生物进化的基本原理，是自然淘汰型还是基因突变型？"

孩子茫然地沉默着。

"3C 文明测试试题 2 号：请简要说明恒星能量的来源。"

孩子茫然地沉默着。

……

"3C 文明测试试题 10 号：请说明构成你们星球上海洋的液体的分子构成。"

孩子仍然茫然地沉默着。

那只鞋在遥远的地平线处变成一个小黑点消失了。

"到此为止吧！"在一千光年之外，舰队统帅对最高执政官说，"不能再耽误时间了，否则我们肯定不能按时完成第一阶段的任务。"

最高执政官的智能场发出了微弱的表示同意的振动。

"发射奇点炸弹！"

载有命令信息的波束越过四维空间，瞬间到达了停泊在太阳系中的蓝84210号舰。那个发着幽幽荧光的雾球滑出了战舰前方长长的导轨，沿着看不见的力场束急剧加速，向太阳扑去。

最高执政官、参议员和舰队统帅把注意力转向了隔离带的其他区域，那里，又发现了几个有生命的行星系，但其中最高级的生命是一种生活在泥浆中的无脑蠕虫。接连爆炸的恒星像宇宙中怒放的焰火，使他们想起了史诗般的第二旋臂战役。

不知过了多长时间，最高执政官智能场的一小部分下意识地游移到太阳系，他听到了蓝84210号舰舰长的声音：

"准备脱离爆炸威力圈，时空跃迁准备，三十秒倒数！"

"等一下，奇点炸弹到达目标还需多长时间？"最高执政官说，舰队统帅和参议员的注意力也被吸引过来。

"它正越过内侧1号行星的轨道，大约还有十分钟。"

"用五分钟时间，再进行一些测试吧。"

"是，阁下。"

接着听到了蓝84210号舰值勤军官的声音："3C文明测试试题11号：一个三维平面上的直角三角形，它的三条边的关系是什么？"

沉默。

"3C文明测试试题12号：你们的星球是你们行星系的第几颗行星？"

沉默。

"这没有意义，阁下。"舰队统帅说。

"3C文明测试试题13号：当一个物体没有受到外力作用时，它的运行状态如何？"

数字宇宙广漠的蓝色空间中突然响起了孩子们清脆的声音："当一个物体没有受到外力作用时，它将保持静止或匀速直线运动不变。"

"3C 文明测试试题 13 号通过！ 3C 文明测试试题 14 号……"

"等等！"参议员打断了值勤军官，"下一道试题也出关于其低速力学基本近似定律的。"他又问最高执政官："这不违反测试准则吧。"

"当然不，只要是测试数据库中的试题。"舰队统帅代为回答，这些令他大感意外的生命体把他的注意力全部吸引过来了。

"3C 文明测试试题 14 号：请叙述相互作用的两个物体间力的关系。"

孩子们说："当一个物体对第二个物体施加一个力，这第二个物体也会对第一个物体施加一个力，这两个力大小相等，方向相反！"

"3C 文明测试试题 14 号通过！ 3C 文明测试试题 15 号：对于一个物体，请说明它的质量、所受外力和加速度之间的关系。"

孩子们齐声说："一个物体的加速度，与它所受的力成正比，与它的质量成反比！"

"3C 文明测试试题 15 号通过，文明测试通过！ 确定目标恒星 500921473 的 3 号行星上存在 3C 级文明。"

"奇点炸弹转向！脱离目标！！"最高执政官的智能场急剧闪动着，用最大的能量把命令通过超空间传送到蓝 84210 号舰上。

在太阳系，推送奇点炸弹的力场束弯曲了，这根长几亿公里的力场束此时像一根弓起的长杆，努力把奇点炸弹挑离射向太阳的轨道。蓝 84210 号舰上的力场发动机以最大功率工作，巨大的散热片由暗红变为耀眼的白炽色。力场束向外的推力分量开始显示出效果，奇点炸弹的轨道开始弯曲，但它已越过水星轨道，距太阳太近了，谁也不知道这努力是否能成功。通过超空间直播，全银河系都在盯着那个模糊的雾团的轨迹，并看到它的亮度急剧增大，这是一个可怕的迹象，说明炸弹已能感受到太阳外围空间粒子密度的增大。舰长的手已放到了那个红色的时空跃迁启动按钮上，以在奇点炸弹击中太阳前的一刹那脱离这个空间。但奇点炸弹最终像一颗子弹一样擦过太阳的边缘，当它以仅几万米的高度掠过太阳表面上空时，由于黑洞吸入太阳大气中大量的物质，亮度增到最大，使得太阳边缘出现了一个刺眼的蓝白色光球，使它在这一刻看上去像一个紧密的双星系统，这奇观对人类将一直是个难解的谜。蓝白色光球飞速掠过时，下面太阳浩瀚的火海黯然失色。像一艘快艇掠过平静的水面，黑洞的引力在太阳表面划出了一道 V 型的划痕，这划痕扩展到太阳的整个半球才消失。奇点炸弹撞断了一条日珥，这条从太阳表面升起的百万公里长的美丽轻纱在高速冲击下，碎成一群欢快舞蹈着的小小的等离子体旋涡……奇点炸弹掠过太阳后，亮度很快暗下来，最后消失在茫茫太空的永恒之夜中。

"我们险些毁灭了一个碳基文明。"参议员长出一口气说。

"真是不可思议，在这么荒凉的地方竟会存在 3C 级文明！"舰队统帅感叹说。

"是啊，无论是碳基联邦，还是硅基帝国，其文明扩展和培植计划都不包括这一区域，如果这是一个自己进化的文明，那可是一件很不寻常的事。"最高执政官说。

"蓝 84210 号舰，你们继续留在那个行星系，对 3 号行星进行全表面文明检测，你舰前面的任务将由其他舰只接替。"舰队司令命令道。

　　同他们在木星轨道之外的数字复制品不一样，山村小学中的那些娃们丝毫没有觉察到什么，在那间校舍里的烛光下，他们只是围着老师的遗体哭啊哭。不知哭了多长时间，娃们最后安静下来。

　　"咱们去村里告诉大人吧。"郭翠花抽泣着说。

　　"那又咋的？"刘宝柱低着头说，"老师活着时村里的人都腻歪他，这会儿肯定连棺材钱都没人给他出呢！"

　　最后，娃们决定自己掩埋自己的老师。他们拿了锄头铁锹，在学校旁边的山地上开始挖墓坑，灿烂的群星在整个宇宙中静静地看着他们。

　　"天啊！这颗行星上的文明不是 3C 级，是 3B 级！！"看着蓝 84210 号舰从一千光年之外发回的检测报告，参议员惊呼起来。

　　人类城市的摩天大楼群的影像在旗舰上方的太空中显现。

　　"他们已经开始使用核能，并用化学推进方式进入太空，甚至已登上了他们所在行星的卫星。"

　　"他们基本特征是什么？"舰队统帅问。

　　"您想知道哪些方面？"蓝 84210 号上的值勤军官问。

"比如，这个行星上生命体记忆遗传的等级是多少？"

"他们没有记忆遗传，所有记忆都是后天取得的。"

"那么，他们的个体相互之间的信息交流方式是什么？"

"极其原始，也十分罕见。他们身体内有一种很薄的器官，这种器官在这个行星以氧氮为主的大气中振动时可产生声波，同时把要传输的信息调制到声波之中，接收方也用一种薄膜器官从声波中接收信息。"

"这种方式信息传输的速率是多大？"

"大约每秒 1 至 10 比特。"

"什么？！"旗舰上听到这话的所有人都大笑起来。

"真的是每秒 1 至 10 比特，我们开始也不相信，但反复核实过。"

"上尉，你是个白痴吗？！"舰队统帅大怒，"你是想告诉我们，一种没有记忆遗传，相互间用声波进行信息交流，并且是以令人难以置信的每秒 1 至 10 比特的速率进行交流的物种，能创造出 3B 级文明？！而且这种文明是在没有任何外部高级文明培植的情况下自行进化的？！"

"但，阁下，确实如此。"

"但在这种状态下，这个物种根本不可能在每代之间积累和传递知识，而这是文明进化所必需的！"

"他们有一种个体，有一定数量，分布于这个种群的各个角落，这类个体充当两代生命体之间知识传递的媒介。"

"听起来像神话。"

"不，"参议员说，"在银河文明的太古时代，确实有过这个概念，但即使在那时也极其罕见，除了我们这些星系文明进化史的专业研究者，很少有人知道。"

"你是说那种在两代生命体之间传递知识的个体？"

"他们叫教师。"

"教……师？"

"一个早已消失的太古文明词汇，很生僻，在一般的古词汇数据库中都查不到。"

这时，从太阳系发回的全息影像焦距拉长，显示出蔚蓝色的地球在太空中缓缓转动。

最高执政官说："在银河系联邦时代，独立进化的文明十分罕见，能进化到 3B 级的更是绝无仅有，我们应该让这个文明继续不受干扰地进化下去，对它的观察和研究，不仅有助于我们对太古文明的研究，对今天的银河文明也有启示。"

"那就让蓝 84210 号舰立刻离开那个行星系吧，并把这颗恒星周围一百光年的范围列为禁航区。"舰队统帅说。

北半球失眠的人，会看到星空突然微微抖动，那抖动从空中的一点发出，呈圆形向整个星空扩展，仿佛星空是一汪静水，有人用手指在水中央点了一下似的。

蓝 84210 号舰跃迁时产生的时空激波到达地球时已大大衰减，只使地球上所有的时钟都快了 3 秒，但在三维空间中的人类是不可能觉察到这一效应的。

"很遗憾，"最高执政官说，"如果没有高级文明的培植，他们还要在亚光速和三维时空中被禁锢两千年，至少还需一千年时间才能掌握和使用湮灭能量，两千年后才能通过多维时空进行通讯，至于通过超空间跃迁进行宇宙航行，可能是五千年后的事了，至少要一万年，他们才具备加入银河系碳基文明大家庭的起码条件。"

参议员说："文明的这种孤独进化，是银河系太古时代才有的事。如果那古老的记载正确，我那太古的祖先生活在一个海洋行星的深海中。在那黑暗世界中的无数个王朝后，一个庞大的探险计划开始了，他们发射了第一个外空飞船，那是一个透明浮力小球，经过漫长的路程浮上海面。当时正是深夜，小球中的先祖第一次看到了星空……你们能够想象，那对他们是怎样的壮丽和神秘啊！"

最高执政官说："那是一个让人向往的时代，一粒灰尘样的行星对先祖都是一个无限广阔的世界，在那绿色的海洋和紫色的草原上，先祖敬畏地面对群星……这感觉我们已丢失千万年了。"

"可我现在又找回了它！"参议员指着地球的影像说，她那蓝色的晶莹球体上浮动着雪白的云纹，他觉得她真像一种来自他祖先星球海洋中的一种美丽的珍珠，"看这个小小的世界，她上面的生命体在过着自己的生活，做着自己的梦，对我们的存在，对银河系中的战争和毁灭全然不知，宇宙对他们来说，是希望和梦想的无限源泉，这真像一首来自太古时代的歌谣。"

他真的吟唱了起来，他们三人的智能场合为一体，荡漾着玫瑰色的波纹。那从遥远得无法想象的太古时代传下来的歌谣听起来悠远、神秘、苍凉，通过超空间，它传遍了整个银河系，在这团由上千亿颗恒星组成的星云中，数不清的生命感到了一种久已消失的温馨和宁静。

"宇宙的最不可理解之处在于它是可以理解的。"最高执政官说。

"宇宙的最可理解之处在于它是不可理解的。"参议员说。

当娃们造好那座新坟时，东方已经放亮了。老师是放在从教室拆下来的一块门板上下葬的，陪他入土的是两盒粉笔和一套已翻破的小学课本。娃们在那个小小的坟头上立了一块石板，上面用粉笔写着"李老师之墓"。

只要一场雨，石板上那稚拙的字迹就会消失；用不了多长时间，这座坟和长眠在里面的人就会被外面的世界忘得干干净净。

太阳从山后露出一角，把一抹金辉投进仍沉睡着的山村；在仍处于阴影中的山谷草地上，露珠在闪着晶莹的光，可听到一两声怯生生的鸟鸣。

娃们沿着小路向村里走去，那一群小小的身影很快消失在山谷中淡蓝色的晨雾中。

他们将活下去，在这块古老贫瘠的土地上，收获虽然微薄、但确实存在的希望。

大艺术系列之冰雪造型篇

梦之海

上篇　低温艺术家

是冰雪艺术节把低温艺术家引来的。这想法虽然荒唐，但自海洋干涸以后，颜冬一直是这么想的，不管过去多少岁月，当时的情景仍然历历在目。

当时，颜冬站在自己刚刚完成的冰雕作品前，他的周围都是玲珑剔透的冰雕，向更远处望去，雪原上矗立着用冰建成的高大建筑，这些晶莹的高楼和城堡浸透了冬日的阳光。这是最短命的艺术品，不久之后，这个晶莹的世界将在春风中化作一汪清水，这过程除了带给人一种淡淡的忧伤外，还包含了更多说不清道不明的东西，这也许是颜冬迷恋冰雪艺术的真正原因。

颜冬把目光从自己的作品上移开，下定决心在评委会宣布获奖名次之前不再看它了。他长出一口气，抬头扫了一眼天空，就在这时，他第一次看到了低温艺术家。

最初他以为那是一架拖着白色尾迹的飞机，但那个飞行物的速度比飞机要快得多，它在空中转了一个大弯，那尾迹如同一支巨大的粉笔在蓝天上随意地划了个钩，在钩的末端，那个飞行物居然停住了，就停在颜冬正上方的高空中。尾迹从后向前渐渐消失，像是被它的释放者吸回去似的。

颜冬仔细地观察尾迹最后消失的那一点，发现那点不时地出现短暂的闪光，他很快确定，那闪光是一个物体反射阳光所致。接着他看到了那个物体，它是一个小小的球体，呈灰白色；很快他又意识到那个球体并不小，它看上去小只是因为距离的原因，它这时正在飞快地扩大。颜冬很快明白了那个球体正在从高空向他站的地方掉下来，周围的人也意识到了这点，人们四散而逃。颜冬也低头跑起来，他在一座座冰雕间七拐八拐，突然间地面被一个巨大的阴影所笼罩，颜冬的头皮一紧，一时间血液仿佛凝固了。

但预料的打击并未出现，颜冬发现周围的人也都站住了脚，呆呆地向上仰望着，他也抬头看，看到那个巨大的球体就悬在他们百米左右的上空。它并不是一个完全的球体，似乎在高速飞行中被气流冲击得变了形：向着飞行方向的一半是光滑的球面，另一半则出现了一束巨大的毛刺，使它看上去像一颗剪短了彗尾的彗星。它的体积很大，直径肯定超过了一百米，像悬在半空中的一座小山，使地面上的人产生了一种巨大的压迫感。

急剧下坠的球体在半空中急刹住后，被它带动的空气仍在向下冲来，很快到达地面，激起了一圈飞快扩大的雪尘。据说，当非洲的土著人首次触摸西方人带来的冰块时，总是猛抽回手，惊叫：好烫！在颜冬接触到那团下坠的空气的一刹那，他也产生了这种感觉。而能使在东北的严寒露天的人产生这种感觉，这团空气的温度一定低得惊人。幸亏它很快扩散了，否则地面上的人都会被冻僵，但即使这样，几乎所有的人暴露在外的皮肤都受到了不同程度的冻伤。

颜冬的脸已由于突然出现的严寒而麻木，他抬头仔细观察那个球体表面，那半透明的灰白色物质是他再熟悉不过的东西——冰，这悬在半空中的是一个大冰球。

空气平静下来之后，颜冬吃惊地发现，那半空中巨大冰球的周围居然飘起了雪花，雪花很大，在蓝天的背景前显得异常洁白，并在阳光中闪闪发光。但这些雪花只在距球体表面一定距离内出现，飘出这段距离后立刻消失，以球体为中心形成了一个雪圈，仿佛是雪夜中的一盏街灯照亮了周围的雪花。

"我是一名低温艺术家！"一个清脆的男音从冰球中传出，"我是一名低温艺术家！"

"这个大冰球就是你吗？"颜冬仰头大声问。

"我的形象你们是看不到的，你们看到的冰球是我的冷冻场冻结空气中的水分形成的。"低温艺术家回答说。

"那些雪花是怎么回事？"颜冬又问。

"那是空气中氧和氮的结晶体，还有二氧化碳形成的干冰。"

"你的冷冻场真厉害！"

"当然，就像无数只小手攥紧无数颗小心脏一样，它使其作用范围内所有的分子和原子停止运动。"

"它还能把这个大冰团举在空中吗？"

"那是另一种场了，那是反引力场。你们每人使用的那一套冰雕工具真有趣：有各种形状的小铲和小刀，还有喷水壶和喷灯，有趣！为了制作低温艺术品，我也拥有一套小小的工具，那就是几种力场，种类没有你们的这么多，但也很好使。"

"你也创作冰雕吗？"

"当然，我是低温艺术家，你们的世界很适合进行冰雪造型艺术，我惊讶地发现这个世界早已存在这种艺术，我很高兴地说，我们是同行。"

"你从哪里来？"颜冬旁边的另一位冰雕作者问。

"我来自一个遥远的、你们无法理解的世界，那个世界远不如你们的世界有趣。本来，我只从事艺术，一般不同其他世界交流的，但看到这样一个展览会，看到这么多的同行，我产生了交流的愿望。不过坦率地说，下面这些低温作品中真正称得上是艺术品的并不多。"

"为什么？"有人问。

"过分写实，过分拘泥于形状和细节，当你们明白宇宙除了空间什么都

没有，整个现实世界不过是一大堆曲率不同的空间时，就会看到这些作品是何等可笑。不过，嗯，这一件还是有点儿感觉的。"

话音刚落，冰团周围的雪花伸下来细细的一缕，仿佛是沿着一条看不见的漏斗流下来的，这缕雪花从半空中一直伸到颜冬的冰雕作品顶部才消失。颜冬踮起脚尖，试探着向那缕雪花伸出戴着手套的手，在那缕雪花的附近，他的手指又有了那种灼热感，他急忙抽回来，手已经在手套里冻僵了。

"你是指我的作品吗？"颜冬用另一只手揉着冻僵的手说，"我，我没有用传统的方法，也就是用现成的冰块雕刻作品，而是建造了一个由几大块薄膜构成的结构，在这个结构下面长时间地升腾起由沸水产生的蒸汽，蒸汽在薄膜表面冻结，形成一种复杂的结晶体，当这种结晶体达到一定的厚度后，去掉薄膜，就做成了你现在看到的造型。"

"很好，很有感觉，很能体现寒冷之美！这件作品的灵感是来自……"

"来自窗玻璃！不知你是否能理解我的描述：在严冬的凌晨醒来，你蒙眬的睡眼看到窗玻璃上布满了冰晶，它们映着清晨暗蓝色的天光，仿佛是你一夜梦的产物……"

"理解理解，我理解！"低温艺术家周围的雪花欢快地舞动起来，"我的灵感也被激发了，我要创作！我必须创作！！"

"那个方向就是松花江，你可以去取一块冰，或者……"

"什么？你以为我这样的低温艺术家，要从事的是你们这种细菌般可怜的艺术吗？这里没有我需要的冰材！"

地面上的人类冰雕艺术家们都茫然地看着来自星际的低温艺术家，颜冬呆呆地说："那么，你要去……"

"我要去海洋！"

取冰

　　一支庞大的机群在五千米空中向海岸线方向飞行，这是有史以来最混杂的一个机群，它由从体形庞大的波音巨无霸到蚊子似的轻型飞机在内的各种飞机组成，这是全球各大通讯社派出的采访飞机，还有研究机构和政府派出的观察监视飞机。这乱哄哄的机群紧跟着前面一条短粗的白色航迹飞行着，像一群追赶着牧羊人的羊群。那条航迹是低温艺术家飞行时留下的，它不停地催促后面的飞机快些，为了等它们它不得不忍受这比爬行还慢的速度（对于可随意进行时空跃迁的它，光速已经是爬行了），它不停地抱怨说这会使自己的灵感消失的。

　　对于后面飞机上的记者们通过无线电喋喋不休地提问，低温艺术家一概懒得回答，他只有兴趣同坐在一架中央电视台租用的运十二上的颜冬谈话，于是到后来记者们都不吱声了，只是专心地听着这一对艺术家同行的对话。

　　"你的故乡是在银河系之内吗？"颜冬问，这架运十二距离低温艺术家最近，可以看到那个飞行中的冰球在白色航迹的头部时隐时现，这航迹是冰球周围的超低温冷凝大气中的氧氮和二氧化碳形成的，有时飞机不慎进入这滚滚掠过的白雾中，机窗上立刻覆盖了厚厚的一层白霜。

　　"我的故乡不属于任何恒星系，它处于星系之间广漠的黑暗虚空中。"

　　"你们的星球一定很冷。"

　　"我们没有星球，低温文明起源于一团暗物质云中，那个世界确实很冷，生命从接近绝对零度的环境中艰难地取得微小的热量，吮吸着来自遥远星系的每一丝辐射。当低温文明学会走路时，我们便迫不及待地进入银河系这个最近的温暖世界。在这个世界中我们也必须保持低温状态才能生存，于是我们成了温暖世界的低温艺术家。"

"你指的低温艺术就是冰雪造型吗？"

"哦，不不，用远低于一个世界平均温度的低温与这个世界发生作用，以产生艺术效应，这都属于低温艺术。冰雪造型只是适合于你们世界的低温艺术，冰雪的温度在你们的世界属于低温，在暗物质世界就属于高温了；而在恒星世界，溶化的岩浆也属于低温材料。"

"我们之间对艺术美的感觉好像有共同之处。"

"不奇怪，所谓温暖，不过是宇宙诞生后一阵短暂的痉挛所产生的同样短暂的效应，它将像日落后的暮光一样转瞬即逝，能量将消失，只有寒冷永存，寒冷之美才是永恒的美。"

"这么说，宇宙最终将热寂？！"颜冬听到耳机中有人问，事后知道他是坐在后面飞机上的一位理论物理学家。

"不要离题，我们只谈艺术。"低温艺术家冷冷地说。

"下面是海了！"颜冬无意间从舷窗望下去，看到弯曲的海岸线正在下面缓缓移过。

"再向前，我们要到最深的海洋，那里便于取冰。"

"可哪儿有冰啊？"颜冬看着下面广阔的蓝色海面不解地问。

"低温艺术家到哪里，哪里就会有冰。"

低温艺术家又向前飞行了一个多小时，颜冬从飞机上向下看，下面早已是一片汪洋。这时，飞机突然拉升，超重使颜冬两眼一黑。

"天啊，我们差点撞上它！"飞行员大叫，原来低温艺术家突然停下了，后面的飞机都猝不及防地纷纷转向。"妈的，惯性定律对这家伙不起作用，它的速度好像是在瞬间减到零，按理说这样的减速早把冰球扯碎了！"飞行员对颜冬说，同时拨转机头，与别的飞机一起，浩浩荡荡地围绕着悬在空中的冰球盘旋着。静止的冰球又在空气中产生了大量的氧氮雪花，但由于高空中的强风，雪花都被吹向一个方向，像是冰球随风飘舞的白发。

"我要开始创作了！"低温艺术家说，没等颜冬回话，它突然垂直降落下去，仿佛在空中举着它的那只无形的巨手突然放开了。飞机上的人们看着它以自由落体越来越快地下落，很快消失在海面蓝色的背景中，只能隐约看到它在空气中拉出的一道雾化痕迹。很快，海面上出现了一团白色的水花，水花消失后有一圈波纹在扩散。

"这个外星人投海自杀了。"飞行员对颜冬说。

"别瞎扯了！"颜冬拖着东北口音白了飞行员一眼，"飞低些，那个冰球很快就要浮起来了！"

但冰球并没有浮出来，在那个位置的海面上出现了一个白点，这白点很快扩大成一个白色的圆形区域。这时飞机的高度已经很低，颜冬仔细观察，发现那白色区域其实是覆盖海面的一层白色雾气。白雾区域急剧扩大，加上飞机在继续降低，很快可以看到的海面全部冒起了白雾。这时颜冬听到了一个声音，像连续的雷声，又像是大地和山脉在断裂，这声音来自海面，盖住了引擎的轰鸣声。飞机贴海飞行，颜冬向下仔细观察白雾下的海面，首先发现海面反射的阳光很完整很柔和，不像刚才那样呈刺目的碎金状；他接着看到海的颜色变深了，海面的波浪变得平滑了，但真正震撼他的是下一个发现：那些波浪是凝固不动的。

"天啊，海冻了！"

"你没疯吧？"飞行员扭头扫了他一眼说。

"你自个儿仔细看看……嗨，我说你怎么还往下降啊？想往冰面上降落？！"

飞行员猛拉操纵杆，颜冬眼前又一黑，听到他说："啊，不，妈的，真邪门儿了……"再看看他，一副梦游的表情，"我没下降，那海面，哦不，那冰面，在自己上升！"这时他们听到了低温艺术家的声音：

"你们的飞行器赶快让开，别挡住上升的路，哼，要不是有同行在一架飞行器里，我才不在乎撞着你们呢，我在创作中最讨厌干扰灵感的东西。向西飞向西飞，那面距边缘比较近！"

"边缘？什么的边缘？"颜冬不解地问。

"我采的冰块呀！"

所有的飞机像一群被惊飞的鸟，边爬高边向低温艺术家指引的方向飞去，在它们下面，因温度突降产生的白雾已消失，深蓝色的冰原一望无际。尽管飞机在爬高，但冰原的上升速度更快，所以飞机与冰面的相对高度还是在不断降低，"天啊，地球在追着我们呢！"飞行员惊叫道。渐渐地，飞机又紧贴着冰面飞行了，凝固的暗蓝色波涛从机翼下滚滚而过，飞行员喊道："我们只好在冰面上降落了！我的天，边爬高边降落，这太奇怪了！"

就在这时，运十二飞到了冰块的尽头，一道笔直的边缘从机身下飞速掠过，下面重新出现了波光粼粼的液态海洋。这情形很像航空母舰上的战斗机起飞时，跃出甲板的瞬间所看到的，但后面这艘"航母"有几千米高！颜冬猛回头，看到一道巨大的暗蓝色悬崖正在向后退去，这道悬崖表面极其平整，向两端延伸出去，一时还望不到尽头；悬崖下部与海面相接，可以看到海浪拍打在上面形成的一条白边。但这道白边在颜冬看到它几秒钟后就突然消失了，代之以另一条笔直的边缘——大冰块的底部已离开了海面。

大冰块以更快的速度上升，运十二同时在下降，它的高度很快位于海面和空中的冰块之间。这时颜冬看到了另一个广阔的冰原，与刚才不同的是它在上方，形成了一个极具压抑感的阴暗的天空。

随着大冰块的继续上升，颜冬终于在视觉上证实了低温艺术家的话：这确实是一个大块冰，一大块呈规则长方体的冰，现在，它在空中已经可以完整地看到，这暗蓝色的长方体占据了三分之二的天空，它那平整的表面不时反射着阳光，如同高空的一道道刺目的闪电。在由它构成的巨大的背景前有几架飞机在缓缓爬行，如同在一座摩天大楼边盘旋的小鸟，只有仔细看才能看到。事后从雷达观测数据表明，这个冰块的长为六十公里，宽二十公里，高五公里，为一个扁平的长方体。

　　大冰块继续上升，它在空中的体积渐渐缩小，终于在心理上可以让人接受了。与此同时，它投在海面上巨大的阴影也在移动，露出了海洋上有史以来最恐怖的景象。

　　颜冬看到，他们飞行在一个狭长的盆地上空，这盆地就是大冰块离开后在海中留下的空间。盆地四周是高达五千米的海水的高山，人类从未见过水能构成这样的结构：它形成了几千米高的悬崖！这液态的悬崖底部翻起百米高的巨浪，上部在不停崩塌着，悬崖就在崩塌中向前推进，它的表面起伏不定，但总体与海底保持着垂直。随着海水悬崖的推进，盆地在缩小。

　　这是摩西开红海的反演。

　　最让颜冬震撼的是，整个过程居然很慢！这显然是尺度的缘故，他见过黄果树瀑布，觉得那水流下落得也很慢，而眼前的这海水悬崖，尺度要比那瀑布大两个数量级，这使得他可以有充足的时间欣赏这旷世奇观。

　　这时，冰块投下的阴影已完全消失，颜冬抬头一看，冰块看去只有两个满月大小，在天空中已不太显眼了。

　　随着海水悬崖的推进，盆地已缩成了一道峡谷，紧接着，两道几十公里长五千米高的海水悬崖迎面相撞，一声沉闷的巨响在海天间久久回荡，冰块在海洋中留下的空间完全消失了。

　　"我们不是在做梦吧？"颜冬自语道。

　　"是梦就好了，你看！"飞行员指指下面，在两道悬崖相撞之处，海面并未平静，而是出现了两道与悬崖同样长的波带，仿佛是已经消失的两道海水悬崖在海面的化身，它们分别向着相反的方向分离开来。从高空看去波带并没有惊人之处，但仔细目测可知它们的高度都超过了两百米，如果近看，肯定像两道移动的山脉。

"海啸？"颜冬问。

"是的，可能是有史以来最大的，海岸要遭殃了。"

颜冬再抬头看，蓝天上，冰块已看不到了，据雷达观测，它已成为地球的一颗冰卫星。

在这一天，低温艺术家以同样的方式又从太平洋中取走了上百块同样大小的冰块，把它们送入绕地球运行的轨道。

这天，在处于夜晚的半球，每隔两三个小时就可以看到一群闪烁的亮点横贯夜空飞过，与背景上的星星不同的是，如果仔细看，每个亮点都可以看出形状，那是一个个小长方体，它们都在以不同的姿势自转着，使它们反射的阳光以不同的频率闪动。人们想了很久也不知如何形容这些太空中的小东西，最后还是一名记者的比喻得到了认可：

"这是宇宙巨人撒出的一把水晶骨牌。"

两名艺术家的对话

"我们应该好好谈谈了。"颜冬说。

"我约你来就是为了谈谈，但我们只谈艺术。"低温艺术家说。

颜冬此时正站在一个悬浮于五千米空中的大冰块上，是低温艺术家请他到这里来的。现在，送他上来的直升机就停在旁边的冰面上，旋翼还转动着，随时准备起飞。四周是一望无际的冰原，冰面反射着耀眼的阳光，向脚下看看，蓝色的冰层深不见底。在这个高度上晴空万里，风很大。

这是低温艺术家已从海洋中取走的五千块大冰中的一块，在这之前的五天里，它以平均每天一千块的速度从海洋中取冰，并把冰块送到地球轨道上去。在太平洋和大西洋的不同位置，一块块巨冰在海中被冻结后升上天空，成为夜空中那越来越多的亮闪闪的"宇宙骨牌"中的一块。世界沿海的各大城市都受到了海啸的袭击，但随着时间的推移，这种灾难渐渐减少了，原因很简单：海面在降低。

地球的海洋，正在变成围绕它运行的冰块。

颜冬用脚跺了跺坚硬的冰面说："这么大的冰块，你是如何在瞬间把它冻结，如何使它成为一个整体而不破碎，又用什么力量把它送到太空轨道上去？这一切远超出了我们的理解和想象。"

低温艺术家说："这有什么，我们在创作中还常常熄灭恒星呢！不是说好了只谈艺术吗？我这样制作艺术品，与你用小刀铲制作冰雕，从艺术角度看没什么太大的区别。"

"那些轨道中的冰块暴露在太空强烈的阳光中时，为什么不融化呢？"

"我在每个冰块的表面覆盖了一层极薄的透明滤光膜，这种膜只允许不发热频段的冷光进入冰块，发热频段的光线都被反射，所以冰块保持不化。这是我最后一次回答你这类问题了，我停下工作来，不是为了谈这些无聊的事，下面我们只谈艺术，要不你就走吧，我们不再是同行和朋友了。"

"那么，你最后打算从海洋中取多少冰呢？这总和艺术创作有关吧！"

"当然是有多少取多少，我向你谈过自己的构思，要完美地表达这个构思，地球上的海洋还是不够的，我曾打算从木星的卫星上取冰，但太麻烦了，就这么将就吧。"

颜冬整理了一下被风吹乱的头发，高空的寒冷使他有些颤抖，他问："艺术对你很重要吗？"

"是一切。"

"可……生活中还有别的东西，比如，我们还需为生存而劳作，我就是长春光机所的一名工程师，业余时间才能从事艺术。"

低温艺术家的声音从冰原深处传了上来，冰面的振动使颜冬的脚心有些痒痒："生存，咄咄，它只是文明的婴儿时期要换的尿布，以后，它就像呼吸一样轻而易举了，以至于我们忘了有那么一个时代竟需要花精力去维持生存。"

"那社会生活和政治呢？"

"个体的存在也是婴儿文明的麻烦事，以后个体将融入主体，也就没有什么社会和政治了。"

"那科学，总有科学吧？文明不需要认识宇宙吗？"

"那也是婴儿文明的课程，当探索进行到一定程度，一切将毫发毕现，你会发现宇宙是那么简单，科学也就没必要了。"

"只剩下艺术？"

"只剩艺术，艺术是文明存在的唯一理由。"

"可我们还有其他的理由，我们要生存，下面这颗行星上有几十亿人和更多的其他物种要生存，而你要把我们的海洋弄干，让这颗生命行星变成死亡的沙漠，让我们全渴死！"

从冰原深处传出一阵笑声，又让颜冬的脚痒起来，"同行，你看，我在创作灵感汹涌澎湃的时候停下来同你谈艺术，可每次，你都和我扯这些鸡毛蒜皮的事，真让我失望，你应该感到羞耻！你走吧，我要工作了。"

"日你祖宗！"颜冬终于失去了耐心，用东北话破口大骂起来。

"是句脏话吗？"低温艺术家平静地问，"我们的物种是同一个体一直成长进化下去的，没有祖宗。再说你对同行怎么这样，嘻嘻，我知道，你忌妒我，你没有我的力量，你只能搞细菌的艺术。"

"可你刚才说过，我们的艺术只是工具不同，没有本质的区别。"

"可我现在改变看法了，我原以为自己遇到了一位真正的艺术家，可原来是一个平庸的可怜虫，成天喋喋不休地谈论诸如海洋干了呀生态灭绝呀之类与艺术无关的小事，太琐碎太琐碎，我告诉你，艺术家不能这样。"

"还是日你祖宗！！"

"随你便吧，我要工作了，你走吧。"

这时，颜冬感到一阵超重，使他一屁股跌坐在光滑的冰面上，同时，一股强风从头顶上吹下来，他知道冰块又继续上升了。他连滚带爬地钻进直升机，直升机艰难地起飞，从最近的边缘飞离冰块，险些在冰块上升时产生的龙卷风中坠毁。

人类与低温艺术家的交流彻底失败了。

梦之海

颜冬站在一个白色的世界中，脚下的土地和周围的山脉都披上了银装，那些山脉高大险峻，使他感到仿佛置身于冰雪覆盖的喜马拉雅山中。事实上，这里与那里相反，是地球上最低的地方，这是马里亚纳海沟，昔日太平洋最深的海底。覆盖这里的白色物质并非积雪，而是以盐为主的海水中的矿物质，当海水被冻结后，这些矿物质就析出并沉积在海底，这些白色的沉积盐层最厚的地方可达百米。

在过去的两百天中，地球上的海洋已被低温艺术家用光了，连南极和格棱兰的冰川都被洗劫一空。

现在，低温艺术家邀请颜冬来参加他的艺术品最后完成的仪式。

前方的山谷中有一片蓝色的水面，那蓝色很纯很深，在雪白的群峰间显得格外动人。这就是地球上最后的海洋了，它的面积大约相当于滇池大小，早已没有了海洋那广阔的万顷波涛，表面只是荡起静静的微波，像深山中一个幽静的湖泊。有三条河流汇入了这最后的海洋，这是在干涸的辽阔海底长途跋涉后幸存下来的大河，是地球上有史以来最长的河，到达这里时已变成细细的小溪了。

颜冬走到海边，在白色的海滩上把手伸进轻轻波动着的海水，由于水中的盐分已经饱和，海面上的波浪显得有些沉重，而颜冬的手在被微风吹干后，析出了一层白色的盐末。

空中传来一阵颜冬熟悉的尖啸声，这声音是低温艺术家向下滑落时冲击空气发出的。颜冬很快在空中看到了它，它的外形仍是一个冰球，但由于直接从太空返回这里，在大气中飞行的距离不长，球的体积比第一次出现时小了许多。这之前，在冰块进入轨道后，人们总是用各种手段观察离开冰块时的低温艺术家，但什么也没看到，只有它进入大气层后，那个不断增大的冰球才能标识它的存在和位置。

低温艺术家没有向颜冬打招呼，冰球在这最后海洋的中心垂直坠入水面，激起了高高的水柱。然后又出现了那熟悉的一幕：一圈冒出白雾的区域从坠落点飞快扩散，很快白雾盖住了整个海面；然后是海水快速冻结时发出的那种像断裂声的巨响；再往后白雾消散，露出了凝固的海面。与以往不同的是，这次整个海洋都被冻结了，没有留下一滴液态的水；海面也没有凝固的波浪，而是平滑如镜。在整个冻结过程中，颜冬都感到寒气扑面。

接着，已冻结的最后的海洋被整体提离了地面，开始只是小心地升到距地面几厘米处，颜冬看到前面冰面的边缘与白色盐滩之间出现了一条黑色的长缝，空气涌进长缝，去填补这刚刚出现的空间，形成一股紧贴地面的疾风，被吹动的盐尘埋住了颜冬的脚。提升速度加快，最后的海洋转眼间升到半空中，如此巨大体积物体的快速上升在地面产生了强烈的气流扰动，一股股旋风卷起盐尘，在峡谷中形成一道道白色的尘柱。颜冬吐出飞进嘴里的盐末，那味道不是他想象的咸，而是一种难言的苦涩，正如人类面临的现实。

最后的海洋不再是规则的长方体，它的底部精确地模印着昔日海洋最深处的地形。颜冬注视着最后的海洋上升，直到它变成一个小亮点融入浩荡的冰环中。

冰环大约相当于银河的宽度，由东向西横贯长空。与天王星和海王星的环不同，冰环的表面不是垂直而是平行于地球球面，这使得它在空中呈现一条宽阔的光带。这光带由二十万块巨冰组成，环绕地球一周。在地面可以清楚地分辨出每个冰块，并能看出它的形状，这些冰块有的自转有的静止，这二十万个闪动或不闪动的光点构成了一条壮丽的天河，这天河在地球的天空中庄严地流动着。

在一天的不同时段，冰环的光和色都进行着丰富的变幻。

清晨和黄昏是它色彩最丰富的时段，这时冰环的色彩由地平线处的橘红渐变为深红，再变为碧绿和深蓝，如一条宇宙彩虹。

在白天，冰环在蓝天上呈耀眼的银色，像一条流过蓝色平原的钻石大河。白天冰环最壮观的景象是环食，即冰环挡住太阳的时刻，这时大量的冰块折射着阳光，天空中出现奇伟瑰丽的焰火表演。依太阳被冰环挡住的时间长短，分为交叉食和平行食，所谓平行食，是太阳沿着冰环走过一段距离，每年还有一次全平行食，这天太阳从升起到落下，沿着冰环走完它在天空中的全部路程。这一天，冰环仿佛是一条洒在太空中的银色火药带，在日出时被点燃，那璀璨的火球疯狂燃烧着越过长空，在西边落下，其壮丽至极，已很难用语言表达。正如有人惊叹："这一天，上帝从空中蹚过。"

然而冰环最迷人的时刻是在夜晚，它发出的光芒比满月时亮一倍，这银色的光芒洒满大地。这时，仿佛全宇宙的星星都排成密集的队列，在夜空中庄严地行进，与银河不同，这条浩荡的星河中可以清楚地分辨出每个长方体的星星。这密密麻麻的星星中有一半在闪耀，这十万颗闪动的星星在星河中构成涌动的波纹，仿佛宇宙的大风吹拂着河面，使整条星河变成了一个有灵性的整体……

在一阵尖啸声中，低温艺术家最后一次从太空返回地面，悬在颜冬上空，一圈纷飞的雪花立刻裹住了它。

"我完成了，你觉得怎么样。"它问。

颜冬沉默良久，只说出了两个字："服了。"

他真的服了，这之前，他曾连续三天三夜仰望着冰环，不吃不喝，直到虚脱。能起床后他又到外面去仰望冰环，他觉得永远也看不够。在冰环下，他时而迷乱，时而沉浸于一种莫名的幸福之中，这是艺术家找到终极之美时的幸福，他被这宏大的美完全征服了，整个灵魂都融化于其中。

"作为一个艺术家，能看到这样的创造，你还有他求吗？"低温艺术家又问。

"我真无他求了。"颜冬由衷地回答。

"不过嘛，你也就是看看，你肯定创造不出这种美，你太琐碎。"

"是啊，我太琐碎，我们太琐碎，有啥法子？都有自己和老婆孩子要养活啊。"

颜冬坐到盐地上，把头埋在双臂间，沉浸在悲哀之中。这是一个艺术家在看到自己永远无法创造的美时，在感觉到自己永远无法超越的界限时，产生的最深的悲哀。

"那么，我们一起给这件作品起个名字吧，叫——梦之环，如何？"

颜冬想了一会，缓缓地摇了摇头："不好，它来自于海洋，或者说是海洋的升华，我们做梦也想不到海洋还具有这种形态的美，就叫——梦之海吧。"

"梦之海……很好很好，就叫这个名字，梦之海。"

这时颜冬想起了自己的使命："我想问，你在离开前，能不能把梦之海再恢复成我们的现实之海呢？"

"让我亲手毁掉自己的作品，笑话！"

"那么，你走后，我们是否能自己恢复呢？"

"当然可以，把这些冰块送回去不就行了？"

"怎么送呢？"颜冬抬头问，全人类都在竖起耳朵听。

"我怎么知道。"低温艺术家淡淡地说。

"最后一个问题：作为同行，我们都知道冰雪艺术品是短命的，那么梦之海……"

"梦之海也是短命的，冰块表面的滤光膜会老化，不再能够阻拦热光。但它消失的过程与你的冰雕完全不同，这过程要剧烈和壮观得多：冰块汽化，压力使薄膜炸开，每个冰块变成一个小彗星，整个冰环将弥漫着银色的雾气，然后梦之海将消失在银雾中，然后银雾也扩散到太空消失了，宇宙只能期待着我在遥远的另一个世界的下一个作品。"

"这将在多长时间后发生？"颜冬声音有些发颤。

"滤光膜失效，用你们的计时，嗯，大约二十年吧。嗨，怎么又谈起艺术之外的事了？琐碎琐碎！好了同行，永别了，好好欣赏我留给你们的美吧！"

冰球急速上升，很快消失在空中。据世界各大天文机构观测，冰球沿垂直于黄道面的方向急速飞去，在其加速到光速一半时，突然消失在距太阳13个天文单位的太空中，好像钻进了一个看不见的洞，以后它再也没回来。

下篇　纪念碑和导光管

干旱已持续了五年。

焦黄的大地从车窗外掠过，时值盛夏，大地上没有一点绿色，树木全部枯死，裂纹如黑色的蛛网覆盖着大地，干热风扬起的黄沙不时遮盖了这一切。有好几次，颜冬确信他看到了铁路边被渴死的人的尸体，但那些尸体看上去像是旁边枯死的大树上掉下的一根根干树枝，倒没什么恐怖感。这严酷的干旱世界与天空中银色的梦之海形成鲜明的对比。

颜冬舔了舔干裂的嘴唇，一直舍不得喝自己带的那壶水，那是他全家四天的配给，是妻子在火车站硬让他带上的。昨天单位里的职工闹事，坚决要求用水来发工资，市场上非配给的水越来越少，有钱也买不到了……

这时有人拍了拍他的肩膀，扭头一看是邻座。

"你就是那个外星人的同行吧？"

自从成为人类与低温艺术家沟通的信使，颜冬就成了名人，开始他是一位正面角色和英雄，可是低温艺术家走后情况就发生了变化，有种说法，说是他在冰雪艺术节上激发了低温艺术家的灵感，否则什么事都不会发生。大多数人都知道这是无稽之谈，但有个发泄怨气的对象总是好事，所以到现在，他在人们的眼中简直成了外星人的同谋。好在后来有更多的事要操心，人们渐渐把他忘了。但这次他虽戴着墨镜，还是被认了出来。

"你请我喝水！"那人沙哑地说，嘴唇上有两小片干皮屑掉了下来。

"干什么，你想抢劫？"

"放聪明点儿，不然我要喊了！"

颜冬只好把水壶递给他，这家伙一口气喝了个底朝天，旁边的人惊异地看着他，从过道上路过的列车员也站住呆呆地看了他半天，他们不敢相信竟有人这么奢侈，这就像有海时（人们对低温艺术家到来之前的时代的称呼）看着一个富豪一人吃一顿价值十万元的盛宴一样。

那人把空水壶还给颜冬，又拍拍他的肩膀低声说："没关系的，很快就都结束了。"

颜冬明白他这话的含义。

首都的街道上已很少有汽车，罕见的汽车也是改装后的气冷式，传统的水冷式汽车已经严格禁止使用了。幸亏世界危机组织中国分部派了辆车来接他，否则他绝对到不了危机组织的办公大楼的。一路上，他看到街道都被沙尘暴带来的黄尘所覆盖，见不到几个行人，缺水的人在这干热风中行走是十分危险的。

世界像一条离开水的鱼，已经奄奄一息了。

到了危机组织办公大楼后，颜冬首先去找组织的负责人报到，负责人带着他来到了一间很大的办公室，告诉他这就是他将要工作的机构。颜冬看看办公室的门，与其他的办公室不同，这扇门上没有标牌，负责人说：

"这是一个秘密机构，这里所有的工作严格保密，以免引起社会动乱，这个机构的名称叫纪念碑部。"

走进办公室，颜冬发现这里的人都有些古怪：有的人头发太长，有的人没有头发；有的人的穿着在这个艰难时代显得过分整洁，有的人除了短裤外什么都没穿；有的人神色忧郁，有的人兴奋异常……中间的长桌上放着许多奇形怪状的模型，看不出是干什么用的。

"欢迎您，冰雕艺术家先生！"在听完负责人的介绍后，纪念碑部的部长热情地向颜冬伸出手来，"您终于有机会把您从外星人那里得到的灵感发挥出来，当然，这次不能用冰为材料，我们要创作的，是一件需要永久保存的作品。"

"这是在干什么？"颜冬不解地问。

部长看看负责人又看看颜冬，说："您还不知道？我们要建立人类纪念碑！"

颜冬显得更加茫然了。

"就是人类的墓碑。"旁边一位艺术家说，这人头发很长，衣衫破乱，一副颓废派模样，一手拿着一瓶二锅头喝得很有些醉意，这东西是有海时剩下的，现在比水便宜多了。

颜冬向四周看看说："可……我们还没死啊。"

"等死了就晚了，"负责人说，"我们应该做最坏的打算，现在是考虑这事的时候了。"

部长点点头说："这是人类最后的艺术创作，也是最伟大的创作，作为一名艺术家，还有什么比参加这一创作更幸福的呢？"

"其实都他妈多……多余！"长发艺术家挥着酒瓶说，"墓碑是供后人凭吊的，没有后人了，还立个鸟碑？"

"注意名称，是纪念碑！"部长严肃地更正道，然后笑着对颜冬说，"虽这么说，可他提出的创意还是不错的：他提议全世界每人拿出一颗牙齿，用这些牙齿可以建造一座巨碑，每个牙齿上刻一个字，足以把人类文明最详细的历史都刻上了。"他指指一个看上去像白色金字塔的模型。

"这是对人类的亵渎！"另一位光头艺术家喊道，"人类的价值在于其大脑，他却要用牙齿来纪念！"

长发艺术家又抡起瓶子灌了一口："牙……牙齿容易保存！"

"可大部分人都还活着！"颜冬又严肃地重复一遍。

"但还能活多久呢？"长发艺术家说，一谈到这个话题，他的口齿又利落了，"天上滴水不下，江河干涸，农业全面绝收已经三年了，百分之九十的工业已经停产，剩下的粮食和水，还能维持多长时间？"

"这群废物，"秃头艺术家指着负责人说，"忙活了五年时间，到现在一块冰也没能从天上弄下来！"

对秃头艺术家的指责，负责人只是付之一笑："事情没有那么简单。以人类现有的技术，从轨道上迫降一块冰并不难，迫降一百甚至上千块冰也能做到，但要把在太空中绕地球运行的二十万块冰全部迫降，那完全是另一回事了。如果用传统手段，用火箭发动机减速冰块使其返回大气层，就需制造大量可重复使用的超大功率发动机，并将它们送入太空，这是一个巨大的技术工程，以人类目前的技术水平和资源贮备，有许多不可克服的障碍。比如说，要想拯救地球的生态系统，如果从现在开始，需要在四年时间里迫降一半冰块，这样平均每年就要迫降两万五千块冰，它所需要的火箭燃料在重量上比有海时人类一年消耗的汽油还多！可那不是汽油，那是液氢液氧和四氧化二氮、偏二甲肼之类，制造它们所消耗的能量和资源，是生产汽油的上百倍，仅此一项，就使整个计划成为不可能。"

长发艺术家点点头："所以说末日不远了。"

负责人说："不，不是这样，我们还可以采取许多非传统非常规方法，希望还是有的，但在我们努力的同时，也要做最坏的打算。"

"我就是为这个来的。"颜冬说。

"为最坏的打算？"长发艺术家问。

"不，为希望。"他转向负责人说："不管你们召我来干什么，我来有自己的目的。"他说着指了指自己带的那体积很大的行囊，"请带我到海洋回收部去。"

"你去回收部能干什么？那里可都是科学家和工程师！"秃头艺术家惊奇地问。

"我从事应用光学研究，职称是研究员，除了与你们一样做梦外，我还能干些更实际的事。"颜冬扫了一眼周围的艺术家说。

在颜冬的坚持下，负责人带他来到了海洋回收部。这里的气氛与纪念碑部截然不同，每个人都在电脑前紧张地工作着。办公室的正中央放着一台可以随意取水的饮水机，这简直是国王的待遇，不过想想这些人身上集中了人类的全部希望，也就不奇怪了。

见到海洋回收部的总工程师后，颜冬对他说："我带来了一个回收冰块的方案。"说着他打开背包，拿出了一根白色的长管子，管子有手臂粗，接着他又拿出一个约一米长的圆筒。颜冬走到一个向阳的窗前，把圆筒伸到窗外摆弄着，那圆筒像伞一样撑开，"伞"的凹面镀着镜面膜，使它成为一个类似于太阳灶的抛物面反射镜。接着，颜冬把那根管子从反射镜底部的一个小圆洞中穿过去，然后调节镜面的方向，使它把阳光聚焦到伸出的管子的端部。立刻，管子的另一端把一个刺眼的光斑投到室内的地板上，由于管子平放在地上，那个光斑呈长椭圆形。

颜冬说："这是用最新的光导纤维做成的导光管，在导光时衰减很小。当然，实际系统的尺寸比这要大得多，在太空中，只要用一面直径二十米左右的抛物面反射镜，就可以在导光管的另一端得到一个温度达三千度以上的光斑。"

颜冬向周围看看，他的演示并没有产生预期的效果，那些工程师们扭头朝这边看看，又都继续专注于自己的电脑屏幕不再理会他了。直到那光斑使防静电地板冒出了一股青烟，才有最近的一个人走了过来，说："干什么，还嫌这儿不热？"同时把导光管轻轻向后一拉，使采光的一端脱离了反射镜的焦距，地板上的光斑虽然还在，但立刻变暗了许多，失去了热度。颜冬惊奇地发现，这人摆弄这东西很在行。

总工程师指指导光管说："把这些东西收起来，喝点水吧。听说你是坐火车来的，从长春到这儿的火车居然还开？你一定渴坏了。"

颜冬急着想解释自己的发明，但他确实渴坏了，冒烟的嗓子已说不出话来。

"不错，这确实是目前最可行的方案。"总工程师递给颜冬一杯水。

颜冬一口气喝光了那杯水，呆呆地望着总工程师问："您是说，已经有人想到了？"

总工程师笑着说："与外星人相处，使你低估人类的智力了。其实，在低温艺术家把第一块冰送到轨道上时，这个方案就已经有很多人想到了。后来又有了许多变种，比如用太阳能电池板代替反射镜，用电线和电热丝代替导光管，其优点是设备容易制造和运送，缺点是效率不如导光管方案高。现在，对它的研究已进行了五年，技术上已经成熟，所需的设备也大部分制造出来了。"

"那为什么还不实施？"

旁边的一名工程师说："这个方案，将使地球海洋失去百分之二十一的水，这部分水或变成推进蒸汽散失了，或在再入大气时被高温离解。"

总工程师扭头对那名工程师说："你们可能还不知道，美国人最新的计算机模拟表明，在电离层之下，再入时高温离解产生的氢气会立刻同周围的氧再化合形成水，所以高温离解的损失以前被高估了，总损失率估计为百分之十八，"他又转头向颜冬，"但这个比例也够高的了。"

"那你们有把太空中的水全部取回来的方案吗？"

总工程师摇摇头，"唯一的可能是用核聚变发动机，但目前我们在地面上都得不到可控的核聚变。"

"那为什么还不快些行动呢？要知道，犹豫不决的话地球会失去百分之百的水的。"

总工程师坚定地点点头："所以，在长时间的犹豫之后我们决定行动了，很快，地球将为生存决一死战。"

回收海洋

颜冬加入了海洋回收部，负责对已生产出的导光管进行验收的工作，这虽不是核心岗位，也使他感到很充实。

在颜冬到达首都一个月后，人类回收海洋的工程开始了。

在短短的一个星期内，从全球各大发射基地，有八百枚大型运载火箭发射升空，把五万吨荷载送入地球轨道。然后，从北美的发射基地，二十架航天飞机向太空运送了三百名宇航员。由于沿同一航线频繁发射，在各基地上空形成了一道长久不散的火箭尾迹，从轨道上看，仿佛是从各大陆向太空牵了几根蛛丝。

这批发射，把人类在太空的活动规模提高了一个数量级，但所使用的技术仍是二十世纪初的，这使人们意识到，在现有的条件下，如果全世界齐心协力孤注一掷干一件事，会取得怎样的成就。

在直播的电视中，颜冬同所有人一起目睹了在第一个冰块上安装减速推进系统的过程。

为了降低难度，首批迫降的冰块都是不自转的。三名宇航员降落在这样一个冰块上，他们携带着如下装备：一辆形状如炮弹，能够在冰块中钻进的钻孔车、三根导光管、一根喷射管、三个折叠起来的抛物面反射镜。只有这时才能感觉到冰块的巨大，他们三人仿佛是降落在一个小小的水晶星球上，在太空中强烈的阳光下，脚下的冰的大地似乎深不可测。在黑色的天空上，远远近近悬浮着无数个这样的水晶星球，有些还在自转着。周围那些自转或不自转的冰块反射和折射着阳光，在三名宇航员站立的冰面上，不停地进行着令人目眩的光与影的变幻。向远处看，冰环中的冰块看去越来越小，密度却越来越大，渐渐缩成一条致密的银带弯向地球的另一面。距离最近的一个冰块与他们所在的这块间距只有三千米，以它的短轴为轴自转着，在他们眼中这种自转有一种摄人心魄的气势，仿佛三只小蚂蚁看着一幢水晶摩天大楼一次次倒塌下来。这两个冰块在一段时间后将会因引力而相撞，结果将使滤光膜破裂，冰块解体，破碎后的冰块将很快在阳光中蒸发消失。这种相撞在冰环中已发生了两次，这也是首先迫降这块冰的原因。

操作开始后，一名宇航员启动了那辆钻孔车，钻头车首旋转起来，冰屑呈锥状向外飞溅，在阳光下闪闪发光。钻孔车钻破了冰面那层看不见的滤光膜，像一枚被拧进去的螺丝一样钻进了冰面，在后面留下了一个圆形的钻洞。随着钻洞向冰层深处延伸，在冰层中隐约可以看到一条不断延长的白线。到达预定深度后，钻孔车转向，沿另一个方向驶出冰面，这就形成了另一条钻洞。最后，共向冰块深处打了四条钻洞，它们都相交于冰层深处的一点。接下来，宇航员们把三根导光管插入三个钻洞，再把一根喷射管插入直径较大的第四条钻洞，喷射管的喷口正对着冰块运行的方向。然后，宇航员用一根细管向导光管、喷射管与洞壁之间填充某种速凝液体，

使其形成良好的密封。最后，他们张开了抛物面反射镜。如果说回收海洋的最初阶段采用了什么最新技术的话，那就是这些反射镜了。它们是纳米科技创造的奇迹，在折叠起来时只有一立方米大小，但张开后形成一面直径达五百米巨型反射镜。这三面反射镜，像冰块上生长的三片银色的荷叶。宇航员们调整导光管的伸出端，使其受光端头与反射镜的焦点重合。

在冰层深处三条钻洞的交点，出现了一个明亮的光点，它像一个小太阳，照亮了大冰块中神话般的奇景：银色的鱼群，随波浪舞动的海草……这一切在瞬间冻结时都保持着栩栩如生的姿态，甚至连鱼嘴中吐出的串串小气泡都清晰可见。在距此一百多公里的另一个也在回收中的冰块里，导光管导入冰层深处的阳光照出了一个巨大的黑影，那是一条长达二十多米的蓝鲸！这就是人类昔日的海洋。

蒸汽使冰层深处的光点很快模糊了，在蒸汽散射下，变成了一个白色光球，随着被溶化的冰体积的增加，光球渐渐膨胀。当压力达到预定值后，喷射管喷嘴上的盖板被冲开了，一股汹涌的蒸汽流急速喷出，由于没有阻力，它呈一个尖尖的锥形向远方扩散，最后在阳光中淡化消失了；还有一部分蒸汽进入了另一个冰块的阴影，被冷凝成冰晶，仿佛是一大群在阴影中闪闪发光的萤火虫。

首批一百个冰块上的减速推进系统启动了，由于冰块质量巨大，系统产生的推力相对来说很小，所以它们须运行少则十五天多则一个月的时间，才能使冰块减速到坠入大气层的速度。

在坠落之前，宇航员们将再

次登上冰块，取回导光管和反射镜。要全部迫降二十万个冰块，这些设备应尽可能重复使用。

以后对自转的冰块的回收操作要复杂许多，推进系统将首先刹住其自转，再进行减速。

冰流星

颜冬与危机委员会的人们一起来到太平洋中部的平原上，观看第一批冰流星坠落。

昔日的洋底平原一片雪白，反射着强烈的阳光，不戴墨镜是睁不开眼的。但这并没有使颜冬想起自己的东北故乡的雪原，因为这里是地狱般炎热，地面气温接近 50 摄氏度，热风吹起盐尘，打得脸生疼。在远处，有一艘十万吨油轮，那巨大的船体斜立在地面，下面那有几层楼高的螺旋桨和舵上覆满了盐层。再看看更远处连绵的白色群山，那是人类从未见过的海底山脉，颜冬的脑海中顿时涌出两句诗：

大海是船儿的陆地，黑夜是爱情的白天。

他苦笑了一下，经历了这样的灾难，还摆脱不了艺术家的思维。

一阵欢呼声响起，颜冬抬头向人们所指的方向望去，看到在横贯长空的银色冰环中，出现了一个红色的亮点，这亮点漂出了冰环，膨胀成一个火球，火球的后面拖着一条白色的尾迹，这水蒸气尾迹越来越长越来越粗，其色彩也更浓更白。很快，火球分裂了成数十块，每一块又继续分裂，每一小块都拖着长长的白尾，这一片白色的尾迹覆盖了半个天空，似乎是一棵白色的圣诞树，每根树枝的枝头都挂着一盏亮闪闪的小灯……

更多的冰流星出现了，超音速音爆传到地面，像滚滚的春雷。天空中旧的水蒸气尾迹在渐渐淡化，新的尾迹不断出现，使天空被一张错综复杂的白色巨网所覆盖，现在，已有几万亿吨的水重新属于地球了。

大部分冰流星都在空中分裂汽化了，但也有一个较大的碎冰块直接坠落到地面，坠落点距离颜冬所在的地方约四十公里，海底平原在一声巨响中震动不已，在远处的山脉间腾起一团顶天立地的白色蘑菇云，这大团的水蒸气在阳光下发出耀眼的白光，并随风渐渐扩散，变为天空中的第一片云层。后来，云多了起来，第一次挡住了炙烤大地五年的烈日，并盖满了整个天空，颜冬感到一阵沁人心肺的凉爽。

后来，云层变黑变厚，其中红光闪闪，不知是闪电，还是仍在不断坠落的冰流星的光芒。

下雨了！这是即使在有海时也罕见的大暴雨，颜冬和其他人在雨中欢呼狂奔，他们觉得灵魂都在这雨中溶化了。但后来大家只好都躲回车内或直升机里，因为这时人在雨地中会窒息。

雨一直下到黄昏才停，海底平原上出现了许多水洼，在从云缝中露出的夕阳下闪着金光，仿佛大地的一只只刚睁开的眼睛。

颜冬随着人群，踏着黏稠的盐浆，跑到最近的水洼前。他捧起一捧水，把那沉甸甸的饱和盐水洒到自己的脸上，任它和泪水一同流下，哽咽着说：

"海啊，我们的海啊……"

尾声

十年以后。

颜冬走上了冰封的松花江江面，他裹着一件破大衣，旅行袋中放着那套保存了十五年的工具：几把形状各异的刀铲，一个锤子，一只喷水壶。他跺跺脚，证实江面确实冻住了。松花江早在五年前就有了水，但这是第一次封冻，而且是在夏天封冻。由于干旱少雨，同时大量的冰流星把其引力势能在大气层中转化为热能，全球气候一直炎热无比。但在海洋回收的最后阶段，最大体积的冰块被迫降，这些冰块分裂后的碎块也较大，大多直接撞击地面。除了几座城市被摧毁外，撞击激起的尘埃挡住了太阳的热量，使全球气温骤降，地球进入了新的冰期。

颜冬抬头看看夜空，这是他童年时看到的星空，冰环已经消失，只有从快速的运动中才能把太空中残余的少量小冰块与群星的背景区分开来。梦之海又变回现实的海，这件宏伟的艺术品，其绝美与噩梦一起永远铭刻在人类的记忆中。

虽然回收海洋的工程已经结束，但以后的全球气候肯定仍是极其恶劣的，生态还要很长时间才能恢复。在可以看到的未来，人类的生活将是十分艰难的。但至少可以活下去了，这使所有的人感到了满足，确实，冰环时代使人类学会了满足，但人类还学会了更重要的东西。现在，世界危机组织会改名为太空取水组织，另一个宏大的工程正在计划中：人类打算飞向遥远的类木行星，把木星卫星上和土星光环中的水取回地球，以弥补地球在海洋回收过程中失去的百分之十八的水。人们首先打算用已经掌握的冰块驱动技术，驱动土星光环中的冰块驶向地球，当然，在那样遥远的距离上，阳光已很微弱，只有用核聚变来汽化冰块核心以得到所需的推力了。

至于木星卫星上的水，要用更复杂和庞大的技术才能取得，已经有人提出把整个木卫二从木星的引力巨掌中拉出来，使其驶向地球，成为地球的第二个卫星。这样，地球上能得到的水已多于百分之十八，这可以使地球的生态系统变得天堂般美好。当然，这都是遥远未来的事，活着的人谁都没有希望看到它实现，但这希望，使人们在艰难的生活中感到了前所未有的幸福，这是人类从冰环时代得到的最大财富：回收梦之海使人类看到了自己的力量，教会了他们做以前从不敢做的梦。

颜冬看到远处的冰面上聚着一小堆人，他一滑一滑地走了过去，那些人看到他后都向他跑来，有人摔了一跤后爬起来接着跑。

"哈哈，老伙计！！"跑在最前面的人同颜冬热情拥抱，颜冬认出来了，他就是冰环时代之前好几届冰雪艺术节的冰雕组评委之一。颜冬曾对天发誓不再同这些评委说话，因为上一届艺术节上的冰雕特等奖，显然是基于那个妙龄女作者的脸蛋和身段而不是基于她的作品。接着，他又认出了其他几个人，大都是冰环时代之前的冰雕作者，同这个时代的所有人一样，他们穿着破烂，苦难和岁月已把他们中许多人的双鬓染白。现在，颜冬有流浪多年后回家的感觉。

"听说，冰雪艺术节又恢复了？"他问。

"当然，要不咱们到这儿来干什么？"

"我寻思着，日子这么难……"颜冬裹紧了破大衣，在寒风中发抖，不停地跺着冻得麻木的脚，其他人也同他一样，哆嗦着，跺着脚，像一群乞丐难民。

"咄，日子难怎么了，日子难不能不要艺术啊，对不对？"一位老冰雕家上下牙打着架说。

"艺术是文明存在的唯一理由！"另一个人说。

"去他妈的，老子存在的理由多了！"颜冬大声说，众人都大笑起来。

然后大家都沉默了，他们回顾着这十几年的艰难岁月，他们挨个数着自己存在的理由，最后，他们重新把自己从一群大灾难的幸存者变回为艺术家。

颜冬掏出了一瓶二锅头，大家你一口我一口传着喝了暖暖身子。然后他们在空旷的江岸上生起一堆火，在火上烘烤一把油锯，直到它能在严寒中启动。大家走到江面上，油锯哗哗作响地切入冰面，雪白的冰屑四下飞溅，很快，他们从松花江上取出了第一块晶莹的方冰。

大艺术系列之诗词篇

诗云

伊依一行三人乘一艘游艇在南太平洋上做吟诗航行，他们的目的地是南极，如果几天后能顺利地到达那里，他们将钻出地壳去看诗云。

今天，天空和海水都很清澈，对于作诗来说，世界显得太透明了。抬头望去，平时难得一见的美洲大陆清晰地出现在天空中，在东半球构成的覆盖世界的巨大穹顶上，大陆好像是墙皮脱落的区域……

哦，现在人类生活在地球里面，更准确地说，人类生活在气球里面，哦，地球已变成了气球。地球被掏空了，只剩下厚约一百公里的一层薄壳，但大陆和海洋还原封不动地存在着，只不过都跑到里面了，球壳的里面。大气层也还存在，也跑到球壳里面了，所以地球变成了气球，一个内壁贴着海洋和大陆的气球。空心地球仍在自转，但自转的意义与以前已大不相同：它产生重力，构成薄薄地壳的那点质量产生的引力是微不足道的，地球重力现在主要由自转的离心力来产生了。但这样的重力在世界各个区域是不均匀的：赤道上最强，约为 1.5 个原地球重力，随着纬度增高，重力也渐渐减小，两极地区的重力为零。现在吟诗游艇航行的纬度正好是原地球的

标准重力，但很难令伊依找到已经消失的实心地球上旧世界的感觉。

空心地球的球心悬浮着一个小太阳，现在正以正午的阳光照耀着世界。这个太阳的光度在二十四小时内不停地变化，由最亮渐变至熄灭，给空心地球里面带来昼夜更替。在适当的夜里，它还会发出月亮的冷光，但只是从一点发出的，看不到圆月。

游艇上的三人中有两个其实不是人，他们中的一个是一头名叫大牙的恐龙，它高达十米的身躯一移动，游艇就跟着摇晃倾斜，这令站在船头的吟诗者很烦。吟诗者是一个干瘦老头儿，同样雪白的长发和胡须混在一起飘动，他身着唐朝的宽大古装，仙风道骨，仿佛是在海天之间挥洒写就的一个狂草字。

这就是新世界的创造者，伟大的——李白。

礼物

事情是从十年前开始的，当时，吞食帝国刚刚完成了对太阳系长达两个世纪的掠夺，来自远古的恐龙驾驶着那个直径五万公里的环形世界飞离太阳，航向天鹅座方向。吞食帝国还带走了被恐龙掠去当作小家禽饲养的十二亿人类。但就在接近土星轨道时，环形世界突然开始减速，最后竟沿原轨道返回，重新驶向太阳系内层空间。

在吞食帝国开始它的返程后的一个大环星期，使者大牙乘它那艘如古老锅炉般的飞船飞离大环，它的衣袋中装着一个叫伊依的人类。

"你是一件礼物！"大牙对伊依说，眼睛看着舷窗外黑暗的太空，它那粗放的嗓音震得衣袋中的伊依浑身发麻。

　　"送给谁？"伊依在衣袋中仰头大声问，他能从袋口看到恐龙的下颚，像是一大块悬崖顶上突出的岩石。

　　"送给神！神来到了太阳系，这就是帝国返回的原因。"

　　"是真的神吗？"

　　"它们掌握了不可思议的技术，已经纯能化，并且能在瞬间从银河系的一端跃迁到另一端，这不就是神了。如果我们能得到那些超级技术的百分之一，吞食帝国的前景就很光明了。我们正在完成一个伟大的使命，你要学会讨神喜欢！"

　　"为什么选中了我，我的肉质是很次的。"伊依说，他三十多岁，与吞食帝国精心饲养的那些肌肤白嫩的人类相比，他的外貌很有些沧桑感。

　　"神不吃虫虫，只是收集，我听饲养员说你很特别，你好像还有很多学生？"

　　"我是一名诗人，现在在饲养场的家禽人中教授人类的古典文学。"伊依很吃力地念出了"诗""文学"这类在吞食语中很生僻的词。

　　"无用又无聊的学问，你那里的饲养员默许你授课，是因为其中的一些内容在精神上有助于改善虫虫们的肉质……我观察过，你自视清高目空一切，对于一个被饲养的小家禽来说，这应该是很有趣的。"

　　"诗人都是这样！"伊依在衣袋中站直，虽然知道大牙看不见，还是骄傲地昂起头。

　　"你的先辈参加过地球保卫战吗？"

　　伊依摇摇头："我在那个时代的先辈也是诗人。"

　　"一种最无用的虫虫，在当时的地球上也十分稀少了。"

　　"他生活在自己的内心世界里，对外部世界的变化并不在意。"

"没出息……呵，我们快到了。"

听到大牙的话，伊依把头从衣袋中伸出来，透过宽大的舷窗向外看，看到了飞船前方那两个发出白光的物体，那是悬浮在太空中的一个正方形平面和一个球体，当飞船移动到与平面齐平时，它在星空的背景上短暂地消失了一下，这说明它几乎没有厚度；那个完美的球体悬浮在平面正上方，两者都发出柔和的白光，表面均匀得看不出任何特征。这两个东西仿佛是从计算机图库中取出的两个元素，是这纷乱的宇宙中两个简明而抽象的概念。

"神呢？"伊依问。

"就是这两个几何体啊，神喜欢简洁。"

距离拉近，伊依发现平面有足球场大小，飞船在向平面上降落，它的发动机喷出的火流首先接触到平面，仿佛只是接触到一个幻影，没有在上面留下任何痕迹，但伊依感到了重力和飞船接触平面时的震动，说明它不是幻影。大牙显然以前已经来过这里，没有犹豫就拉开舱门走了出去，伊依看到他同时打开了气密过渡舱的两道舱门，心一下抽紧了，但他并没有听到舱内空气涌出时的呼啸声，当大牙走出舱门后，衣袋中的伊依嗅到了清新的空气，伸出外面的脸上感到了习习的凉风……这是人和恐龙都无法理解的超级技术，它温柔和漫不经心的展示震撼了伊依，与人类第一次见到吞食者时相比，这震撼更加深入灵魂。他抬头望望，以灿烂的银河为背景，球体悬浮在他们上方。

"使者，这次你又给我带来了什么小礼物？"神问，他说的是吞食语，声音不高，仿佛从无限远处的太空深渊中传来，让伊依第一次感觉到这种粗陋的恐龙语言听起来很悦耳。

大牙把一只爪子伸进衣袋，抓出伊依放到平面上，伊依的脚底感到了平面的弹性，大牙说："尊敬的神，得知您喜欢收集各个星系的小生物，我带来了这个很有趣的小东西：地球人类。"

"我只喜欢完美的小生物，你把这么肮脏的虫子拿来干什么？"神说，球体和平面发出的白光微微地闪动了两下，可能是表示厌恶。

"您知道这种虫虫？！"大牙惊奇地抬起头。

"只是听这个旋臂的一些航行者提到过，不是太了解。在这种虫子不算长的进化史中，这些航行者曾频繁地光顾地球，这种生物的思想之猥琐、行为之低劣、其历史之混乱和肮脏，都很让他们恶心，以至于直到地球世界毁灭之前，也没有一个航行者屑于同它们建立联系……快把它扔掉。"

大牙抓起伊依，转动着硕大的脑袋看看可该往哪儿扔，"垃圾焚化口在你后面。"神说，大牙一转身，看到身后的平面上突然出现了一个小圆口，里面闪着蓝幽幽的光……

"你不要这样说！人类建立了伟大的文明！！"伊依用吞食语声嘶力竭地大喊。

球体和平面的白光又颤动了两次，神冷笑了两声："文明？使者，告诉这个虫子什么是文明。"

大牙把伊依举到眼前，伊依甚至听到了恐龙的两个大眼球转动时骨碌碌的声音："虫虫，在这个宇宙中，对一个种族文明程度的统一度量是这个种族所进入的空间的维度，只有进入六维以上空间的种族才具备加入文明大家庭的起码条件，我们尊敬的神的一族已能够进入十一维空间。吞食帝国已能在实验室中小规模地进入四维空间，只能算是银河系中一个未开化的原始群落，而你们，在神的眼里也就是杂草和青苔一类的。"

"快扔了，脏死了。"神不耐烦催促道。

大牙说完，举着伊依向垃圾焚化口走去，伊依拼命挣扎，从衣服中掉出了许多白色的纸片。当那些纸片飘荡着下落时，从球体中射出一条极细的光线，当那束光线射到其中一张纸上时，它便在半空中悬住了，光线飞快地在上面扫描了一遍。

"唷，等等，这是什么东西？"

大牙把伊依悬在焚化口上方，扭头看着球体。

"那是……是我的学生们的作业！"伊依在恐龙的巨掌中吃力地挣扎着说。

"这种方形的符号很有趣，它们组成的小矩阵也很好玩儿。"神说，从球体中射出的光束又飞快地扫描了已落在平面上的另外几张纸。

"那是汉……汉字，这些是用汉字写的古诗！"

"诗？"神惊奇地问，收回了光束，"使者，你应该懂一些这种虫子的文字吧？"

"当然，尊敬的神，在吞食帝国吃掉地球前，我在它们的世界生活了很长时间，"大牙把伊依放到焚化口旁边的平面上，弯腰拾起一张纸，举到眼前吃力地辨认着上面的小字，"它的大意是……"

"算了吧，你会曲解它的！"伊依挥手制止大牙说下去。

"为什么？"神很感兴趣地问。

"因为这是一种只能用古汉语表达的艺术，即使翻译成人类的其他语言，也就失去了大部分内涵和魅力，变成另一种东西了。"

"使者，你的计算机中有这种语言的数据库吗？还有有关地球历史的一切知识，好的，给我传过来吧，就用我们上次见面时建立的那个信道。"

大牙急忙返回飞船上，在舱内的电脑上鼓捣了一阵儿，嘴里嘟囔着："古汉语部分没有，还要从帝国的网络上传过来，可能有些时滞。"伊依从敞开的舱门中看到，恐龙的大眼球中映射着电脑屏幕上变幻的彩光。当大牙从飞船上走出来时，神已经能用标准的汉语读出一张纸上的中国古诗了：

　　"白日依山尽，黄河入海流，欲穷千里目，更上一层楼。"

　　"您学得真快！"伊依惊叹道。

　　神没有理他，只是沉默着。

　　大牙解释说："它的意思是：恒星已在行星的山后面落下，一条叫黄河的河流向着大海的方向流去，哦，这河和海都是由那种由一个氧原子和两个氢原子构成的化合物组成，要想看得更远，就应该在建筑物上登得更高些。"

　　神仍然沉默着。

　　"尊敬的神，你不久前曾君临吞食帝国，那里的景色与写这首诗的虫虫的世界十分相似，有山有河也有海，所以……"

　　"所以我明白诗的意思，"神说，球体突然移动到大牙头顶上，伊依感觉它就像一只盯着大牙看的没有眸子的大眼睛，"但，你，没有感觉到些什么？"

　　大牙茫然地摇摇头。

　　"我是说，隐含在这个简洁的方块符号矩阵的表面含义后面的一些东西？"

　　大牙显得更茫然了，于是神又吟诵了一首古诗：

　　"前不见古人，后不见来者，念天地之悠悠，独怆然而涕下。"

　　大牙赶紧殷勤地解释道："这首诗的意思是：向前看，看不到在遥远过去曾经在这颗行星上生活过的虫虫；向后看，看不到未来将要在这行星上生活的虫虫；于是感到时空太广大了，于是哭了。"

神沉默。

"呵，哭是地球虫虫表达悲哀的一种方式，这时它们的视觉器官……"

"你仍没感觉到什么？"神打断了大牙的话问，球体又向下降了一些，几乎贴到大牙的鼻子上。

大牙这次坚定地摇摇头："尊敬的神，我想里面没有什么的，一首很简单的小诗。"

接下来，神又连续吟诵了几首古诗，都很简短，且属于题材空灵超脱的一类，有李白的《下江陵》《静夜思》和《黄鹤楼送孟浩然之广陵》、柳宗元的《江雪》、崔颢的《黄鹤楼》、孟浩然的《春晓》等。

大牙说："在吞食帝国，有许多长达百万行的史诗，尊敬的神，我愿意把它们全部献给您！相比之下，人类虫虫的诗是这么短小简单，就像他们的技术……"

球体忽地从大牙头顶飘开去，在半空中沿着随意的曲线飘行着："使者，我知道你们最大的愿望就是希望我回答一个问题：吞食帝国已经存在了八千万年，为什么其技术仍徘徊在原子时代？我现在有答案了。"

大牙热切地望着球体说："尊敬的神，这个答案对我们很重要！求您……"

"尊敬的神，"伊依举起一只手大声说，"我也有一个问题，不知能不能问？！"

大牙恼怒地瞪着伊依，像要把他一口吃了似的，但神说："我仍然讨厌地球虫子，但那些小矩阵为你赢得了这个权利。"

"艺术在宇宙中普遍存在吗?"

球体在空中微微颤动,似乎在点头:"是的,我就是一名宇宙艺术的收集和研究者,我穿行于星云间,接触过众多文明的各种艺术,它们大多是庞杂而晦涩的体系,用如此少的符号,在如此小巧的矩阵中涵含着如此丰富的感觉层次和含义分支,而且这种表达还要在严酷得有些变态的诗律和音韵的约束下进行,这,我确实是第一次见到……使者,现在可以把这虫子扔了。"

大牙再次把伊依抓在爪子里:"对,该扔了它,尊敬的神,吞食帝国中心网络中存贮的人类文化资料是相当丰富的,现在您的记忆中已经拥有了所有资料,而这个虫虫,大概就记得那么几首小诗。"说着,它拿着伊依向焚化口走去。"把这些纸片也扔了。"神说,大牙又赶紧反身去用另一只爪子收拾纸片,这时伊依在大爪中高喊:

"神啊,把这些写着人类古诗的纸片留作纪念吧!您收集到了一种不可超越的艺术,向宇宙中传播它吧!"

"等等,"神再次制止了大牙,伊依已经悬到了焚化口上方,他感到了下面蓝色火焰的热力。球体飘过来,在距伊依的额头几厘米处悬定,他同刚才的大牙一样受到了那只没有眸子的巨眼的逼视。

"不可超越?"

"哈哈哈……"大牙举着伊依大笑起来,"这个可怜的虫虫居然在伟大的神面前说这样的话,滑稽!人类还剩下什么?你们失去了地球上的一切,即便能带走的科学知识也忘得差不多了,有一次在晚餐桌上,我在吃一个人之前问他:地球保卫战争中的人类的原子弹是用什么做的?他说是原子做的!"

"哈哈哈哈……"神也让大牙逗得大笑起来，球体颤动得成了椭圆，"不可能有比这更正确的回答了，哈哈哈……"

"尊敬的神，这些脏虫虫就剩下那几首小诗了！哈哈哈……"

"但它们是不可超越的！"伊依在大爪中挺起胸膛庄严地说。

球体停止了颤动，用近似耳语的声音说："技术能超越一切。"

"这与技术无关，这是人类心灵世界的精华，不可超越！"

"那是因为你不知道技术最终能具有什么样的力量，小虫子，小小的虫子，你不知道。"神的语气变得父亲般的温柔，但潜藏在深处阴冷的杀气让伊依不寒而栗，神说："看着太阳。"

伊依按神的话做了，这是位于地球和火星轨道之间的太空，太阳的光芒使他眯起了双眼。

"你最喜欢的颜色是什么？"神问。

"绿色。"

话音刚落，太阳变成了绿色，那绿色妖艳无比，太阳仿佛是一只突然浮现在太空深渊中的猫眼，在它的凝视下，整个宇宙都变得诡异无比。

大牙爪子一颤，把伊依掉在平面上。当理智稍稍恢复后，他们都意识到另一个比太阳变绿更加震撼的事实：从这里到太阳，光需行走十几分钟，但这一切都发生在一瞬间！

半分钟后，太阳恢复原状，又发出耀眼的白光。

"看到了吗？这就是技术，是这种力量使我们的种族从海底淤泥中的鼻涕虫变为神。其实技术本身才是真正的神，我们都真诚地崇拜它。"

伊依眨着昏花的双眼说："但神并不能超越那样的艺术，我们也有神，想象中的神，我们崇拜它们，但并不认为它们能写出李白和杜甫那样的诗。"

　　神冷笑了两声，对伊依说："真是一只无比固执的虫子，这使你更让人厌恶。不过，为了消遣，就让我来超越一下你们的矩阵艺术。"

　　伊依也冷笑了两声："不可能的，首先你不是人，不可能有人的心灵感受，人类艺术在你那里只是石板上的花朵，技术并不能使你超越这个障碍。"

　　"技术超越这个障碍易如反掌，给我你的基因！"

　　伊依不知所措，"给神一根头发！"大牙提醒说，伊依伸手拔下一根头发，一股无形的吸力将头发吸向球体，后来那根头发又从球体中飘落到平面上，神只是提取了发根带着的一点皮屑。

　　球体中的白光涌动起来，渐渐变得透明了，里面充满了清澈的液体，浮起串串水泡。接着，伊依在液体中看到了一个蛋黄大小的球，它在射入液球的阳光中呈淡红色，仿佛自己会发光。小球很快长大，伊依认出了那是一个曲蜷着的胎儿，他肿胀的双眼紧闭着，大大的脑袋上交错着红色的血管。胎儿继续成长，小身体终于伸展开来，像青蛙似的在液球中游动着。液体渐渐变得浑浊了，透过液球的阳光只映出一个模糊的影子，看得出那个影子仍在飞速成长，最后变成了一个游动着的成人的身影。这时液球又恢复成原来那样完全不透明的白色光球，一个赤裸的人从球中掉出来，落到平面上。伊依的克隆体摇摇晃晃地站了起来，阳光在他湿漉漉的身体上闪亮，他的头发和胡子老长，但看得出来只有三四十岁的样子，除了一样的精瘦外，一点也不像伊依本人。克隆体僵僵地站着，呆滞的目光看着无限远方，似乎对这个他刚刚进入的宇宙浑然不知。在他的上方，球体的白光在暗下来，最后完全熄灭了，球体本身也像蒸发似的消失了。但这时，伊依感觉什么东西又亮了起来，很快发现那是克隆体的眼睛，它们由呆滞突然充满了智慧的灵光。后来伊依知道，神的记忆这时已全部转移到克隆

体中了。

"冷，这就是冷?!"一阵轻风吹来，克隆体双手抱住湿乎乎的双肩，浑身打颤，但声音中充满了惊喜，"这就是冷，这就是痛苦，精致的、完美的痛苦，我在星际间苦苦寻觅的感觉，尖锐如洞穿时空的十维弦，晶莹如类星体中心的纯能钻石，啊——"他伸开皮包骨头的双臂仰望银河，"前不见古人，后不见来者，念宇宙之……"一阵冷颤使克隆体的牙齿咯咯作响，赶紧停止了出生演说，跑到焚化口边烤火了。

克隆体把两手放到焚化口的蓝火焰上烤着，哆哆嗦嗦地对伊依说："其实，我现在进行的是一项很普通的操作，当我研究和收集一种文明的艺术时，总是将自己的记忆借宿于该文明的一个个体中，这样才能保证对该艺术的完全理解。"

这时，焚化口中的火焰亮度剧增，周围的平面上也涌动着各色的光晕，使得伊依感觉整个平面像是一块漂浮在火海上的毛玻璃。

大牙低声对伊依说："焚化口已转换为制造口了，神正在进行能——质转换。"看到伊依不太明白，他又解释说："傻瓜，就是用纯能制造物品，上帝的活计!"

制造口突然喷出了一团白色的东西，那东西在空中展开并落了下来，原来是一件衣服，克隆体接住衣服穿了起来，伊依看到那竟是一件宽大的唐朝古装，用雪白的丝绸做成，有宽大的黑色镶边，刚才还一副可怜相的克隆体穿上它后立刻显得飘飘欲仙，伊依实在想象不出它是如何从蓝火焰中被制造出来的。

又有物品被制造出来，从制造口飞出一块黑色的东西，像一块石头一样咚地砸在平面上，伊依跑过去拾起来，不管他是否相信自己的眼睛，手中拿着的分明是一块沉重的石砚，而且还是冰凉的。接着又有什么啪地掉下来，伊依拾起那个黑色的条状物，他没猜错，这是一块墨！接着被制造出来的是几支毛笔，一个笔架，一张雪白的宣纸（从火里飞出的纸！）还有几件古色古香的案头小饰品，最后制造出来的也是最大的一件东西：一张样式古老的书案！伊依和大牙忙着把书案扶正，把那些小东西在案头摆放好。

"转化这些东西的能量，足以把一颗行星炸成碎末。"大牙对伊依耳语，声音有些发颤。

克隆体走到书案旁，看着上面的摆设满意地点点头，一手理着刚刚干了的胡子，说：

"我，李白。"

伊依审视着克隆体问："你是说想成为李白呢，还是真把自己当成了李白？"

"我就是李白，超越李白的李白！"

伊依笑着摇摇头。

"怎么，到现在你还怀疑吗？"

伊依点点头说："不错，你们的技术远远超过了我的理解力，已与人类想象中的神力和魔法无异，即使是在诗歌艺术方面也有让我惊叹的东西：跨越如此巨大的文化和时空的鸿沟，你竟能感觉到中国古诗的内涵……但理解李白是一回事，超越他又是另一回事，我仍然认为你面对的是不可超越的艺术。"

克隆体——李白的脸上浮现出高深莫测的笑容，但转瞬即逝，他手指书案，对伊依大喝一声："研墨！"然后径自走去，在几乎走到平面边缘时站住，理着胡须遥望星河沉思起来。

伊依从书案上的一个紫砂壶中向砚上倒了一点清水，拿起那条墨研了起来，他是第一次干这个，笨拙地斜着墨条磨边角。看着砚中渐渐浓起来的墨汁，伊依想到自己正身处距太阳 1.5 个天文单位的茫茫太空中，这个无限薄的平面（即使在刚才由纯能制造物品时，从远处看它仍没有厚度）仿佛是一个漂浮在宇宙深渊中的舞台，在它上面，一头恐龙、一个被恐龙当作肉食家禽饲养的人类、一个穿着唐朝古装的准备超越李白的技术之神，正在演出一场怪诞到极点的话剧，想到这里，伊依摇头苦笑起来。

当觉得墨研得差不多了时，伊依站起来，同大牙一起等待着，这时平面上的轻风已经停止，太阳和星河静静地发着光，仿佛整个宇宙都在期待。李白静立在平面边缘，由于平面上的空气层几乎没有散射，他在阳光中的明暗部分极其分明，除了理胡须的手不时动一下外，简直就是一尊石像。伊依和大牙等啊等，时间在默默地流逝，书案上蘸满了墨的毛笔渐渐有些发干了，不知不觉，太阳的位置已移动了很多，把他们和书案、飞船的影子长长地投在平面上，书案上平铺的白纸仿佛变成了平面的一部分。终于，李白转过身来，慢步走回书案前，伊依赶紧把毛笔重新蘸了墨，用双手递了过去，但李白抬起一只手回绝了，只是看着书案上的白纸继续沉思着，他的目光中有了些新的东西。

伊依得意地看出，那是困惑和不安。

"我还要制造一些东西，那都是……易碎品，你们去小心接着。"李白指了指制造口说，那里面本来已暗淡下去的蓝焰又明亮起来，伊依和大牙刚刚跑过去，就有一股蓝色的火舌把一个球形物推出来，大牙眼疾手快地接住了它，细看是一个大坛子。接着又从蓝焰中飞出了三只大碗，伊依接住了其中的两只，有一只摔碎了。大牙把坛子抱到书案上，小心地打开封盖，一股浓烈的酒味溢了出来，它与伊依惊奇地对视了一眼。

"在我从吞食帝国接收到的地球信息中，有关人类酿造业的资料不多，所以这东西造得不一定准确。"李白说，同时指着酒坛示意伊依尝尝。

伊依拿碗从中舀了一点儿抿了一口，一股火辣从嗓子眼流到肚子里，他点点头："是酒，但是与我们为改善肉质喝的那些相比太烈了。"

"满上。"李白指着书案上的另一个空碗说，待大牙倒满烈酒后，端起来咕咚咚一饮而尽，然后转身再次向远处走去，不时走出几个不太稳的舞步。到达平面边缘后又站在那里对着星海深思，但与上次不同的是他的身体有节奏地左右摆动，像在和着某首听不见的曲子。这次李白沉思的时间不长就走回到书案前，回来的一路上全是舞步了，他一把抓过伊依递过来的笔扔到远处。

"满上。"李白眼睛直勾勾地盯着空碗说。

……

一小时后，大牙用两只大爪小心翼翼地把烂醉如泥的李白放到已清空的书案上，但他一翻身又骨碌下来，嘴里嘀咕着恐龙和人都听不懂的语言。他已经红红绿绿地吐了一大摊（真不知是什么时候吃进的这些食物），宽大的古服上也吐得脏污一片，那一摊呕吐物被平面发出的白光透过，形成了一幅很抽象的图形。李白的嘴上黑乎乎的全是墨，这是因为在喝光第四碗后，他曾试图在纸上写什么，但只是把蘸饱墨的毛笔重重地戳到桌面上，接着，李白就像初学书法的小孩子那样，试图用嘴把笔理顺……

"尊敬的神？"大牙俯下身来小心翼翼地问。

"哇咦卡啊……卡啊咦唉哇。"李白大着舌头说。

大牙站起身，摇摇头叹了一口气，对伊依说："我们走吧。"

另一条路

伊依所在的饲养场位于吞食者的赤道上，当吞食者处于太阳系内层空间时，这里曾是一片夹在两条大河之间的美丽草原。吞食者航出木星轨道后，严冬降临了，草原消失大河封冻，被饲养的人类都转到地下城中。当吞食者受到神的召唤而返回后，随着太阳的临近，大地回春，两条大河很快解冻了，草原也开始变绿。

当气候好的时候，伊依总是独自住在河边自己搭的一间简陋的草棚中，自己种地过日子。对于一般人来说这是不被允许的，但由于伊依在饲养场中讲授的古典文学课程有陶冶性情的功能，他的学生的肉有一种很特别的风味，所以恐龙饲养员也就不干涉他了。

这是伊依与李白初次见面两个月后的一个黄昏，太阳刚刚从吞食帝国平直的地平线上落下，两条映着晚霞的大河在天边交汇。在河边的草棚外，微风把远处草原上欢舞的歌声隐隐送来，伊依独自一人自己和自己下围棋，抬头看到李白和大牙沿着河岸向这里走来。这时的李白已有了很大的变化，他头发蓬乱，胡子老长，脸晒得很黑，左肩背着一个粗布包，右手提着一个大葫芦，身上那件古装已破烂不堪，脚上穿着一双已磨得不像样子的草鞋，伊依觉得这时的他倒更像一个人了。

李白走到围棋桌前，像前几次来一样，不看伊依一眼就把葫芦重重地向桌上一放，说："碗！"待伊依拿来两个木碗后，李白打开葫芦盖，把两个碗里倒满酒，然后又从布包中拿出一个纸包，打开来，伊依发现里面竟放着切好的熟肉，并闻到扑鼻的香味，不由拿起一块嚼了起来。

大牙只是站在两三米远处静静地看着他们，有前几次的经验，它知道他们俩又要谈诗了，这种谈话它既无兴趣也没资格参与。

"好吃，"伊依赞许地点点头，"这牛肉也是纯能转化的？"

"不，我早就回归自然了。你可能没听说过，在距这里很遥远的一个牧场，饲养着来自地球的牛群。这牛肉是我亲自做的，是用山西平遥牛肉的做法，关键是在炖的时候放——"李白凑到伊依耳边神秘地说："尿碱。"

伊依迷惑不解地看着他。

"哦，就是人类的小便蒸干以后析出的那种白色的东西，能使炖好的肉外观红润，肉质鲜嫩，肥而不腻，瘦而不柴。"

"这尿碱……也不是纯能做出来的？"伊依恐惧地问。

"我说过自己已经回归自然了！尿碱是我费了好大劲儿从几个人类饲养场收集来的，这是很正宗的民间烹饪技艺，在地球毁灭前就早已失传。"

伊依已经把嘴里的牛肉咽下去了，为了抑制呕吐，他端起了酒碗。

李白指指葫芦说："在我的指导下，吞食帝国已经建起了几个酒厂，已经能够生产大部分地球名酒，这是它们酿制的正宗的竹叶青，是用汾酒浸泡竹叶而成。"

伊依这才发现碗里的酒与前几次李白带来的不同，呈翠绿色，入口后有甜甜的药草味。

"看来，你对人类文化已了如指掌了。"伊依感慨地对李白说。

"不仅如此，我还花了大量的时间亲身体验，你知道，吞食帝国很多地区的风景与李白所在的地球极为相似，这两个月来，我浪迹于这山水之间，饱览美景，月下饮酒山巅吟诗，还在遍布各地的人类饲养场中有过几次艳遇……"

"那么，现在总能让我看看你的诗作了吧。"

李白呼地放下酒碗，站起身不安地踱起步来："是作了一些诗，而且是些肯定让你吃惊的诗，你会看到，我已经是一个很出色的诗人了，甚至比你和你的祖爷爷都出色，但我不想让你看，因为我同样肯定你会认为那些诗没有超越李白，而我……"他抬起头遥望天边落日的余晖，目光中充满了迷离和痛苦，"也这么认为。"

远处的草原上，舞会已经结束，快乐的人们开始丰盛的晚餐。有一群少女向河边跑来，在岸边的浅水中嬉戏。她们头戴花环，身上披着薄雾一样的轻纱，在暮色中构成一幅醉人的画面。伊依指着距草棚较近的一个少女问李白："她美吗？"

"当然。"李白不解地看着伊依说。

"想象一下，用一把利刃把她切开，取出她的每一个脏器，剜出她的眼球，挖出她的大脑，剔出每一根骨头，把肌肉和脂肪按其不同部位和功能分割开来，再把所有的血管和神经分别理成两束，最后在这里铺上一大块白布，把这些东西按解剖学原理分门别类地放好，你还觉得美吗？"

"你怎么在喝酒的时候想到这些？恶心。"李白皱起眉头说。

"怎么会恶心呢？这不正是你所崇拜的技术吗？"

"你到底想说什么？"

"李白眼中的大自然就是你现在看到的河边少女，而同样的大自然在技术的眼睛中呢，就是那张白布上那些井然有序但血淋淋的部件，所以，技术是反诗意的。"

"你好像对我有什么建议？"李白理着胡子若有所思地说。

　　"我仍然不认为你有超越李白的可能，但可以为你的努力指出一个正确的方向：技术的迷雾蒙住了你的双眼，使你看不到自然之美。所以，你首先要做的是把那些超级技术全部忘掉，你既然能够把自己的全部记忆移植到你现在的大脑中，当然也可以删除其中的一部分。"

　　李白抬头和大牙对视了一下，两人都哈哈大笑起来，大牙对李白说："尊

敬的神，我早就告诉过您，多么狡诈的虫虫，您稍不小心就会跌入他们设下的陷阱。"

　　"哈哈哈哈，是狡诈，但也有趣。"李白对大牙说，然后转向伊依，冷笑着说："你真的认为我是来认输的？"

　　"你没能超越人类诗词艺术的巅峰，这是事实。"

李白突然抬起一只手指着大河，问："到河边去有几种走法？"

伊依不解地看了李白几秒钟："好像……只有一种。"

"不，是两种，我还可以向这个方向走，"李白指着与河相反的方向说，"这样一直走，绕吞食帝国的大环一周，再从对岸过河，也能走到这个岸边，我甚至还可以绕银河系一周再回来，对于我们的技术来说，这也易如反掌。技术可以超越一切！我现在已经被逼得要走另一条路了！"

伊依努力想了好半天，终于困惑地摇摇头："就算是你有神一般的技术，我还是想不出超越李白的另一条路在哪儿。"

李白站起来说："很简单，超越李白的两条路是：一、把超越他的那些诗写出来，二、把所有的诗都写出来！"

伊依显得更糊涂了，但站在一旁的大牙似有所悟。

"我要写出所有的五言和七言诗，这是李白所擅长的；另外我还要写出常见词牌的所有的词！你怎么还不明白？！我要在符合这些格律的诗词中，试遍所有汉字的所有组合！"

"啊，伟大！伟大的工程！！"大牙忘形地欢呼起来。

"这很难吗？"伊依傻傻地问。

"当然难，难极了！如果用吞食帝国最大的计算机来进行这样的计算，可能到宇宙末日也完成不了！"

"没那么多吧。"伊依充满疑问地说。

"当然有那么多！"李白得意地点点头，"但使用你们还远未掌握的量子计算技术，就能在可以接受的时间内完成这样的计算。到那时，我就写出了所有的诗词，包括所有以前写过的和所有以后可能写的，特别注意，所有以后可能写的！超越李白的巅峰之作自然包括在内。事实上我终结了诗词艺术，直到宇宙毁灭，所出现的任何一个诗人，不管他们达到了怎样的高度，都不过是个抄袭者，他们的作品肯定能在我那巨大的存贮器中检索出来。"

大牙突然发出了一声低沉的惊叫，看着李白的目光由兴奋变为震惊："巨大的……存贮器？！尊敬的神，您该不是说，要把量子计算机写出的诗都……都存起来吧？"

"写出来就删除有什么意思呢？当然要存起来！这将是我的种族留在这个宇宙中的艺术丰碑之一！"

大牙的目光由震惊变为恐惧，把粗大的双爪向前伸着，两腿打弯，像要给李白跪下，声音也像要哭出来似的："使不得，尊敬的神，这使不得啊！！"

"是什么把你吓成这样？"伊依抬头惊奇地看着大牙问。

"你个白痴！你不是知道原子弹是原子做的吗？那存贮器也是原子做的，它的存贮精度最高只能达到原子级别！知道什么是原子级别的存贮吗？就是说一个针尖大小的地方，就能存下人类所有的书！不是你们现在那点儿书，是地球被吃掉前上面所有的书！"

"啊，这好像是有可能的，听说一杯水中的原子数比地球上海洋中水的杯数都多。那，他写完那些诗后带根儿针走就行了。"伊依指指李白说。

大牙恼怒已极，来回疾走几步总算挤出了一点儿耐性："好，好，你说，按神说的那些五言七言诗，还有那些常见的词牌，各写一首，总共有多少字？"

"不多，也就两三千字吧，古曲诗词是最精练的艺术。"

"那好，我就让你这个白痴虫虫看看它有多么精练！"大牙说着走到桌前，用爪指着上面的棋盘说，"你们管这种无聊的游戏叫什么，哦，围棋，这上面有多少个交叉点？"

"纵横各 19 行，共 361 点。"

"很好，每点上可以放黑子白子或空着，共三种状态，这样，每一个棋局，就可以看作由三个汉字写成的一首 19 行 361 个字的诗。"

"这比喻很妙。"

"那么，穷尽这三个汉字在这种诗上的所有组合，总共能写出多少首诗呢？让我告诉你：3 的 361 次方倍，或者说，嗯，我想想，10 的 172 次方倍！"

"这……很多吗？"

"白痴！"大牙第三次骂出这个词，"宇宙中的全部原子只有……啊——"它气恼得说不下去了。

"有多少？"伊依仍是那副傻样。

"只有 10 的 80 次方倍！！你个白痴虫虫啊——"

直到这时，伊依才表现出了一点儿惊奇："你是说，如果一个原子存贮一首诗，用光宇宙中的所有原子，还存不完他的量子计算机写出的那些诗？"

"差远呢！差 10 的 92 次方倍呢！！再说，一个原子哪能存下一首诗？人类虫虫的存贮器，存一首诗用的原子数可能比你们的人口都多，至于我们，用单个原子存贮一位二进制还仅处于实验室阶段……唉。"

"使者，在这一点上是你目光短浅了，想象力不足，是吞食帝国技术进步缓慢的原因之一，"李白笑着说，"使用基于量子多态迭加原理的量子存贮器，只用很少量的物质就可以存下那些诗，当然，量子存贮不太稳定，为了永久保存那些诗作，还需要与更传统的存贮技术结合使用，即使这样，制造存贮器需要的物质量也是很少的。"

"是多少？"大牙问，看那样子显然心已提到了嗓子眼儿。

"大约为 10 的 57 次方个原子，微不足道微不足道。"

"这……这正好是整个太阳系的物质量！"

"是的，包括所有的太阳行星，当然也包括吞食帝国。"

李白最后这句话是轻描淡写地随口而出的，但在伊依听来像晴天霹雳，不过大牙反倒显得平静下来，当长时间受到灾难预感的折磨后，灾难真正来临时反而有一种解脱感。

"您不是能把纯能转换成物质吗？"大牙问。

"得到如此巨量的物质需要多少能量你不会不清楚，这对我们也是不可想象的，还是用现成的吧。"

"这么说，皇帝的忧虑不无道理。"大牙自语道。

"是的是的，"李白欢快地说，"我前天已向吞食皇帝说明，这个伟大的环形帝国将被用于一个更伟大的目的，所有的恐龙应该为此感到自豪。"

"尊敬的神，您会看到吞食帝国的感受的。"大牙阴沉地说，"还有一个问题：与太阳相比，吞食帝国的质量实在是微不足道，为了得到这九牛之一毛的物质，有必要毁灭一个进化了几千万年的文明吗？"

"你的这个疑问我完全理解，但要知道，熄灭、冷却和拆解太阳是需要很长时间的，在这之前对诗的量子计算已经开始，我们需要及时地把结果存起来，清空量子计算机的内存以继续计算，这样，可以立即用于制造存贮器的行星和吞食帝国的物质就是必不可少的了。"

"明白了，尊敬的神，最后一个问题：有必要把所有组合结果都存起来吗？为什么不能在输出端加一个判断程序，把那些不值得存贮的诗作剔除掉。据我所知，中国古诗是要遵从严格的格律的，如果把不符合格律的诗去掉，那最后结果的总量将大为减少。"

"格律？哼，"李白不屑地摇摇头，"那不过是对灵感的束缚，中国南北朝以前的古体诗并不受格律的限制，即使是在唐代以后严格的近体诗中，也有许多古典诗词大师不遵从格律，写出了许多卓越的变体诗，所以，在这次终极吟诗中我将不考虑格律。"

"那，您总该考虑诗的内容吧？最后的计算结果中肯定有百分之九十九的诗是毫无意义的，存下这些随机的汉字矩阵有什么用？"

"意义？"李白耸耸肩说，"使者，诗的意义并不取决于你的认可，也不取决于我或其他任何人，它取决于时间。许多在当时无意义的诗后来成了旷世杰作，而现今和以后的许多杰作在遥远的过去肯定也曾是无意义的。我要做出所有的诗，亿亿亿万年之后，谁知道伟大的时间把其中的哪首选为巅峰之作呢？"

"这简直荒唐！！"大牙大叫起来，它那粗放的嗓音惊起了远处草丛中的几只鸟，"如果按现有的人类虫虫的汉字字库，您的量子计算机写出的第一首诗应该是这样的：

　　啊啊啊啊啊

　　啊啊啊啊啊

　　啊啊啊啊啊

　　啊啊啊啊唉

"请问，伟大的时间会把这首选为杰作？！"

一直不说话的伊依这时欢叫起来："哇！还用什么伟大的时间来选？！

它现在就是一首巅峰之作耶！！前三行和第四行的前四个字都是表达生命对宏伟宇宙的惊叹，最后一个字是诗眼，它是诗人在领略了宇宙之浩渺后，对生命在无限时空中的渺小发出的一声无奈的叹息。"

"呵呵呵呵呵，"李白抚着胡须乐得合不上嘴，"好诗，伊依虫虫，真的是好诗，呵呵呵……"说着拿起葫芦给伊依倒酒。

大牙挥起巨爪一巴掌把伊依打了老远：" 混账虫虫，我知道你现在高兴了，可不要忘记，吞食帝国一旦毁灭，你们也活不了！"

伊依一直滚到河边，好半天才能爬起来，他满脸沙土，咧大了嘴，既是痛的也是在笑，他确实很高兴，"哈哈有趣，这个宇宙真他妈的不可思议！"他忘形地喊道。

"使者，还有问题吗？"看到大牙摇头，李白接着说，"那么，我在明天就要离去，后天，量子计算机将启动作诗软件，终极吟诗将开始，同时，熄灭太阳，拆解行星和吞食帝国的工程也将启动。"

"尊敬的神，吞食帝国在今天夜里就能做好战斗准备！"大牙立正后庄严地说。

"好好，真是很好，往后的日子会很有趣的，但这一切发生之前，还是让我们喝完这一壶吧。"李白快乐地点点头说，同时拿起了酒葫芦，倒完酒，他看着已笼罩在夜幕中的大河，意犹未尽地回味着："真是一首好诗，第一首，呵呵，第一首就是好诗。"

终极吟诗

吟诗软件其实十分简单，用人类的 C 语言表达可能超不过两千行代码，另外再加一个存贮所有汉字字符的不大的数据库。当这个软件在位于海王星轨道上的那台量子计算机（一个飘浮在太空中的巨大透明锥体）上启动时，终极吟诗就开始了。

这时吞食帝国才知道，李白只是那个超级文明种族中的一个个体，这与以前预想的不同，当时恐龙们都认为进化到这样技术级别的社会在意识上早就融为一个整体了，吞食帝国在过去一千万年中遇到的五个超级文明都是这种形态。李白一族保持了个体的存在，也部分解释了他们对艺术超常的理解力。当吟诗开始时，李白一族又有大量的个体从外太空的各个方位跃迁到太阳系，开始了制造存贮器的工程。

吞食帝国上的人类看不到太空中的量子计算机，也看不到新来的神族，在他们看来，终极吟诗的过程，就是太空中太阳数目的增减过程。

在吟诗软件启动一个星期后，神族成功地熄灭了太阳，这时太空中太阳的数目减到零，但太阳内部核聚变的停止使恒星的外壳失去了支撑，使它很快坍缩成一颗新星，于是暗夜很快又被照亮，只是这颗太阳的亮度是以前的上百倍，使吞食者表面草木生烟。新星又被熄灭了，但过一段时间后又爆发了，就这样亮了又灭灭了又亮，仿佛太阳是一只九条命的猫，在没完没了地挣扎。但神族对于杀死恒星其实很熟练，他们从容不迫地一次次熄灭新星，使它的物质最大比例地聚变为制造存贮器所需的重元素，当第十一次新星熄灭后，太阳才真正咽了气，这时，终极吟诗已经开始了三个地球月。早在这之前，在第三次新星出现时，太空中就有其他的太阳出现，这些太阳此起彼伏地在太空中的不同位置亮起或熄灭，最多时天空中出现过九个新太阳。这些太阳是神族在拆解行星时的能量释放，由于后来恒星太阳的闪烁已变得暗弱，人们就分不清这些太阳的真假了。

对吞食帝国的拆解是在吟诗开始后第五个星期进行的，这之前，李白曾向帝国提出了一个建议：由神族将所有恐龙跃迁到银河系另一端的一个世界，那里有一个文明，比神族落后许多，仍未纯能化，但比吞食文明要先进得多。恐龙们到那里后，将作为一种小家禽被饲养，过着衣食无忧的快乐生活。但恐龙们宁为玉碎不为瓦全，愤怒地拒绝了这个提议。

李白接着提出了另一个要求：让人类返回他们的母亲星球。其实，地球也被拆解了，它的大部分用于制造存贮器，但神族还是剩下了其中的一小部分物质为人类建造了一个空心地球。空心地球的大小与原地球差不多，但其质量仅为后者的百分之一。说地球被掏空了是不确切的，因为原地球表面那层脆弱的岩石根本不可能用来做球壳，球壳的材料可能取自地核，另外球壳上像经纬线般交错的、虽然很细但强度极高的加固圈，是用太阳坍缩时产生的简并态中子物质制造的。

令人感动的是：吞食帝国不但立即答应了李白的要求，允许所有人类离开大环世界，还把从地球掠夺来的海水和空气全部还给了地球，神族借此在空心地球内部恢复了原地球所有的大陆、海洋和大气层。

接着，惨烈的大环保卫战开始了。吞食帝国向太空中的神族目标大量发射核弹和伽马射线激光，但这些对敌人毫无作用。在神族发射的一个无形的强大力场推动下，吞食者大环越转越快，最后在超速自转产生的离心力下解体了。这时，伊依正在飞向空心地球的途中，他从一千二百万公里的距离上目睹了吞食帝国毁灭的全过程：

大环解体的过程很慢，如同梦幻，在漆黑太空的背景上，这个巨大的世界如同一团浮在咖啡上的奶沫一样散开来，边缘的碎块渐渐隐没于黑暗之中，仿佛被太空溶解了，只有不时出现的爆炸的闪光才使它们重新现形。

　　这个来自古老地球的充满阳刚之气的伟大文明就这样被毁灭了，伊依悲哀万分。只有一小部分恐龙活了下来，与人类一起回归地球，其中包括使者大牙。

　　在返回地球的途中，人类普遍都很沮丧，但原因与伊依不同：回到地球后是要开荒种地才有饭吃的，这对于已在长期被饲养的生活中变得四肢不勤五谷不分的人们来说，确实像一场噩梦。

　　但伊依对地球世界的前途充满信心，不管前面有多少磨难，人将重新成为人。

诗云

　　吟诗航行的游艇到达了南极海岸。

　　这里的重力已经很小，海浪的运行很缓慢，像是一种描述梦幻的舞蹈。在低重力下，拍岸浪把水花送上十几米高处，飞上半空的海水由于表面张力而形成无数水球，大的像足球，小的如雨滴，这些水球在缓慢地下落，慢到可以用手在它们周围划圈，它们折射着小太阳的光芒，使上岸后的伊依、李白和大牙置身于一片晶莹灿烂之中。由于自转的原因，地球的南北极地轴有轻微的拉长，这就使得空心地球的两极地区保持了过去的寒冷状态。低重力下的雪很奇特，呈一种蓬松的泡沫状，浅处齐腰深，深处能把大牙都淹没，但在被淹没后，他们竟能在雪沫中正常呼吸！整个南极大陆就覆盖在这雪沫之下，起伏不平地一片雪白。

　　伊依一行乘一辆雪地车前往南极点，雪地车像是一艘掠过雪沫表面的快艇，在两侧激起片片雪浪。

第二天他们到达了南极点。极点的标志是一座高大的水晶金字塔，这是为纪念两个世纪前的地球保卫战而建立的纪念碑，上面没有任何文字和图形，只有晶莹的碑体在地球顶端的雪沫之上默默地折射着阳光。

从这里看去，整个地球世界尽收眼底，光芒四射的小太阳周围，围绕着大陆和海洋，使它看上去仿佛是从北冰洋中浮出来似的。

"这个小太阳真的能够永远亮着吗？"伊依问李白。

"至少能亮到新的地球文明进化到具有制造新太阳的能力的时候，它是一个微型白洞。"

"白洞？是黑洞的反演吗？"大牙问。

"是的，它通过空间蛀洞与两百万光年外的一个黑洞相连，那个黑洞围绕着一颗恒星运行，它吸入的恒星的光从这里被释放出来，可以把它看作一根超时空光纤的出口。"

纪念碑的塔尖是拉格朗日轴线的南起点，这是指连接空心地球南北两极的轴线，因战前地月之间的零重力拉格朗日点而得名，这是一条长一万三千公里的零重力轴线。以后，人类肯定要在拉格朗日轴线上发射各种卫星，比起战前的地球来，这种发射易如反掌：只需把卫星运到南极或北极点，愿意的话用驴车运都行，然后用脚把它向空中踹出去就行了。

就在他们观看纪念碑时，又有一辆较大的雪地车载来了一群年轻的旅行者，这些人下车后双腿一弹，径直跃向空中，沿拉格朗日轴线高高飞去，把自己变成了卫星。从这里看去，有许多小黑点在空中标出了轴线的位置，那都是在零重力轴线上飘浮的游客和各种车辆。本来，从这里可以直接飞到北极，但小太阳位于拉格朗日轴线中部，最初有些沿轴线飞行的游客因随身携带的小型喷气推进器坏了，无法减速而一直飞到太阳里，其实在距小太阳很远的距离上他们就被蒸发了。

在空心地球，进入太空也是一件很容易的事，只需要跳进赤道上的五口深井（名叫地门）中的一口，向下（上）坠落一百公里穿过地壳，就被空心地球自转的离心力抛进太空了。

现在，伊依一行为了看诗云也要穿过地壳，但他们走的是南极的地门，在这里地球自转的离心力为零，所以不会被抛入太空，只能到达空心地球的外表面。他们在南极地门控制站穿好轻便太空服后，就进入了那条长一百公里的深井，由于没有重力，叫它隧道更合适一些。在失重状态下，他们借助于太空服上的喷气推进器前进，这比在赤道的地门中坠落要慢得多，用了半个小时才来到外表面。

空心地球外表面十分荒凉，只有纵横的中子材料加固圈，这些加固圈把地球外表面按经纬线划分成了许多个方格，南极点正是所有经向加固圈的交点，当伊依一行走出地门后，看到自己身处一个面积不大的高原上，地球加固圈像一道道漫长的山脉，以高原为中心放射状地向各个方向延伸。

抬头，他们看到了诗云。

诗云处于已消失的太阳系所在的位置，是一片直径为一百个天文单位的旋涡状星云，形状很像银河系。空心地球处于诗云边缘，与原来太阳在银河系中的位置也很相似，不同的是地球的轨道与诗云不在同一平面，这就使得从地球上可以看到诗云的一面，而不是像银河系那样只能看到截面。但地球离开诗云平面的距离还远不足以使这里的人们观察到诗云的完整形状，事实上，南半球的整个天空都被诗云所覆盖。

诗云发出银色的光芒，能在地上照出人影。据说诗云本身是不发光的，这银光是宇宙射线激发出来的。由于空间的宇宙射线密度不均，诗云中常

涌动着大团的光晕，那些色彩各异的光晕滚过长空，好像是潜行在诗云中的发光巨鲸。也有很少的时候，宇宙射线的强度急剧增加，在诗云中激发出粼粼的光斑，这时的诗云已完全不像云了，整个天空仿佛是一个月夜从水下看到的海面。地球与诗云的运行并不是同步的，所以有时地球会处于旋臂间的空隙上，这时透过空隙可以看到夜空和星星，最为激动人心的是，在旋臂的边缘还可以看到诗云的断面形状，它很像地球大气中的积雨云，变幻出各种宏伟的让人浮想联翩的形体，这些巨大的形体高高地升出诗云的旋转平面，发出幽幽的银光，仿佛是一个超级意识没完没了的梦境。

伊依把目光从诗云收回，从地上拾起一块晶片，这种晶片散布在他们周围的地面上，像严冬的碎冰般闪闪发亮。伊依举起晶片对着诗云密布的天空，晶片很薄，有半个手掌大小，正面看全透明，但把它稍斜一下，就看到诗云的亮光在它表面映出的霓彩光晕。这就是量子存贮器，人类历史上产生的全部文字信息，也只能占它们每一片存贮量的几亿分之一。诗云就是由 10 的 40 次方倍这样的存贮器组成的，它们存贮了终极吟诗的全部结果。这片诗云，是用原来构成太阳和它的九大行星的全部物质所制造，当然还包括吞食帝国。

"真是伟大的艺术品！"大牙由衷地赞叹道。

"是的，它的美在于其内涵：一片直径一百亿公里的，包含着全部可能的诗词的星云，这太伟大了！"伊依仰望着星云激动地说，"我，也开始崇拜技术了。"

一直情绪低落的李白长叹一声："唉，看来我们都在走向对方，我看到了技术在艺术上的极限，我……"他抽泣起来，"我是个失败者，呜呜……"

"你怎么能这样讲呢？！"伊依指着上空的诗云说，"这里面包含了所有可能的诗，当然也包括那些超越李白的诗！"

"可我却得不到它们！"李白一跺脚，飞起了几米高，在半空中蜷成一团，悲伤地把脸埋在两膝之间呈胎儿状，在地壳那十分微小的重力下缓缓下落，"在终极吟诗开始时，我就着手编制诗词识别软件，这时，技术在艺术中再次遇到了那道不可逾越的障碍，到现在，具备古诗鉴赏力的软件也没能编出来。"他在半空中指指诗云，"不错，借助伟大的技术，我写出了诗词的巅峰之作，却不可能把它们从诗云中检索出来，唉……"

"智慧生命的精华和本质，真的是技术所无法触及的吗？"大牙仰头对着诗云大声问，经历过这一切，它变得越来越哲学了。

"既然诗云中包含了所有可能的诗，那其中自然有一部分诗，是描写我们全部的过去和所有可能与不可能的未来的，伊依虫虫肯定能找到一首诗，描述他在三十年前的一天晚上剪指甲时的感受，或十二年后的一顿午餐的菜谱；大牙使者也可以找到一首诗，描述它的腿上的某一块鳞片在五年后的颜色……"说着，已重新落回地面的李白拿出了两块晶片，它们在诗云的照耀下闪闪发光："这是我临走前送给二位的礼物，这是量子计算机以你们的名字为关键词，在诗云中检索出来的与二位有关的几亿亿首诗，描述了你们在未来各种可能的生活，当然，在诗云中，这也只占描写你们的诗作里极小的一部分。我只看过其中的几十首，最喜欢的是关于伊依虫虫的一首七律，描写他与一位美丽的村姑在江边相爱的情景……我走后，希望人类和剩下的恐龙好好相处，人类之间更要好好相处，要是空心地球的球壳被核弹炸个洞，可就麻烦了……诗云中的那些好诗目前还不属于任何人，希望人类今后能写出其中的一部分。"

"我和那位村姑后来怎样了？"伊依好奇地问。

在诗云的银光下，李白嘻嘻一笑："你们幸福地生活在一起。"

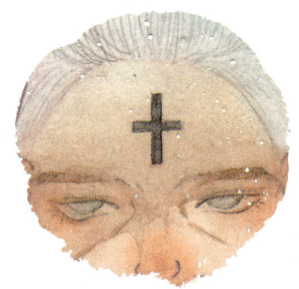

赡养上帝

一

　　上帝又惹秋生一家不高兴了。

　　这本来是一个很好的早晨，西岑村周围的田野上，在一人多高处悬着薄薄的一层白雾，像是一张刚刚变空白的画纸，这宁静的田野就是从那张纸上掉出来的画儿；第一缕朝阳照过来，今年的头道露珠们那短暂的生命进入了最辉煌的时期……但这个好早晨全让上帝给搅了。

　　上帝今天起得很早，自个到厨房去热牛奶。赡养时代开始后，牛奶市场兴旺起来，秋生家就花了一万出头儿买了一头奶牛，学着人家的样儿把奶兑上水卖，而没有兑水的奶也成了本家上帝的主要食品之一。上帝热好奶后，就端着去堂屋看电视了，液化气也不关。刚清完牛圈和猪圈的秋生媳妇玉莲回来了，闻到满屋的液化气味，赶紧用毛巾捂着鼻子到厨房关了气，打开窗和换气扇。

　　"老不死的，你要把这一家子害死啊！"玉莲回到堂屋大嚷着。用上液化气也就是领到赡养费以后的事，秋生爹一直反对，说这玩意不如蜂窝煤好，这次他又落着理了。

像往常一样，上帝低头站在那里，那扫把似的雪白长胡须一直拖到膝盖以下，脸上堆着胆怯的笑，像一个做错了事儿的孩子。"我……我把奶锅儿拿下来了啊，它怎么不关呢？"

"你以为这是在你们飞船上啊？"正在下楼的秋生大声说，"这里的什么东西都是傻的，我们不像你们什么都有机器伺候着，我们得用傻工具劳动，才有饭吃！"

"我们也劳动过，要不怎么会有你们？"上帝小心翼翼地回应道。

"又说这个，又说这个，你就不觉得没意思？有本事走，再造些个孝子贤孙养活你。"玉莲一摔毛巾说。

"算了算了，快弄弄吃吧。"像每次一样，又是秋生打圆场。

兵兵也起床了，他下楼时打着哈欠说："爸、妈，这上帝，又半夜地咳，闹得我睡不着。"

"你知足吧小祖宗，我俩就在他隔壁还没发怨呢。"玉莲说。

上帝像是被提醒了，又咳嗽起来，咳得那么专心致志，像在做一项心爱的运动。

"唉，真是倒了八辈子的霉了。"玉莲看了上帝几秒钟，气鼓鼓地说，转身进厨房做饭去了。

上帝再也没吱声，默默地在桌边儿和一家人一块儿就着酱菜喝了一碗粥吃了半个馒头，这期间一直承受着玉莲的白眼儿，不知是因为液化气的事儿，还是又嫌他吃得太多了。

饭后，上帝像往常一样，很勤快地收拾碗筷，到厨房去洗了起来。玉莲在外面冲他喊："不带油的不要用洗洁精！那都是要花钱买的，就你那点赡养费，哼。"上帝在厨房中连续唉唉地表示知道了。

小两口上地去了，兵兵也去上学了，这个时候秋生爹才睡起来，两眼迷迷糊糊地下了楼，呼噜噜喝了两大碗粥后，点上一袋烟，才想起上帝的存在。

"老家伙，别洗了，出来杀一盘！"他冲厨房里喊道。

上帝用围裙擦着手出来，殷勤地笑着点点头。同秋生爹下棋对上帝来说也是个苦差事，输赢都不愉快。如果上帝赢了，秋生爹肯定暴跳如雷：你个老东西是他妈个什么东西？！赢了我就显出你了是不是？！屁！你是上帝，赢我算个屁本事！你说说你，进这个门儿这么长时间了，怎么连个庄户人家的礼数都不懂？！如果上帝输了，这老头儿照样暴跳如雷：你个老东西是他妈个什么东西？！我的棋术，方圆百里内没得比，赢你还不跟捏个臭虫似的，用得着你让着我？！你这是……用句文点儿的话说吧，对我的侮辱！！反正最后的结果都一样，老头儿把棋盘一掀，棋子儿满天飞。秋生爹的臭脾气是远近闻名的，这下子可算找着了一个出气筒。不过这老头儿不记仇，每次上帝悄悄把棋子儿收拾回来再悄悄摆好后，他就又会坐下同上帝下起来，并重复上面的过程。当几盘下来两人都累了时，就已近中午了。

这时上帝就要起来去洗菜，玉莲不让他做饭，嫌他做得不好，但菜是必须洗的，一会儿小两口儿下地回来，如果发现菜啊什么的没弄好，她又是一通尖酸刻薄的数落。他洗菜时，秋生爹一般都踱到邻家串门去了，这是上帝一天中最清静的时候，中午的阳光充满了院子里的每一个砖缝，也照亮了他那幽深的记忆之谷，这时他往往开始发呆，忘记了手中的活儿，直到村头传来从田间归来的人声才使他猛醒过来，加紧干着手中的活儿，同时总是长叹一声。

　　唉，日子怎么过成这个样子呢——

　　这不仅是上帝的叹息，也是秋生、玉莲和秋生爹的叹息，是地球上五十多亿人和二十亿个上帝的叹息。

二

　　这一切都是从三年前那个秋日的黄昏开始的。

　　"快看啊，天上都是玩具耶！！"兵兵在院子里大喊，秋生和玉莲从屋里跑出来，抬头看到天上真的布满了玩具，或者说，天空中出现的那无数物体，其形状只有玩具才能具有。这些物体在黄昏的苍穹中均匀地分布着，反射着已落到地平线下的夕阳的光芒，每个都有满月那么亮，这些光合在一起，使地面如正午般通明，而这光亮很诡异，它来自天空所有的方向，不会给任何物体投下影子，整个世界仿佛处于一台巨大的手术无影灯下。

　　开始，人们以为这些物体的高度都很低，位于大气层内，这样想是由于它们都清晰地显示出形状来，后来知道这只是由于其体积的巨大，实际上它们都处于三万多公里高的地球同步轨道上。

　　到来的外星飞船共有两万一千五百一十三艘，均匀地停泊在同步轨道上，形成了一层地球的外壳。这种停泊是以一种令人类观察者迷惑的极其复杂的队形和轨道完成的，所有的飞船同时停泊到位，这样可以避免飞船质量引力在地球海洋上产生致命的潮汐，这让人类多少安心了一些，因为它或多或少地表明了外星人对地球没有恶意。

　　以后的几天，人类世界与外星飞船的沟通尝试均告失败，后者对地球发出的询问信息保持着完全的沉默。与此同时，地球变成了一个没有夜晚

的世界，太空中那上万艘巨大飞船反射的阳光，使地球背对太阳的一面亮如白昼；而在面向太阳的这一面，大地则周期性地笼罩在飞船巨大的阴影下。天空中的恐怖景象使人类的精神承受力达到了极限，因而也忽视了地球上正在发生的一件奇怪的事情，更不会想到这事与太空中外星飞船群的联系。

在世界各大城市中，陆续出现了一些流浪的老者，他们都有一些共同特点：年纪都很老，都留着长长的白胡须和白头发，身着一样的白色长袍，在开始的那些天，在这些白胡须白头发和白长袍还没有弄脏时，他们远远看去就像一个个雪人儿似的。这些老流浪者的长相介于各色人种之间，好像都是混血人种。他们没有任何能证明自己国籍和身份的东西，也说不清自己的来历，只是用生硬的各国语言温和地向路人乞讨，都说着同样的一句话：

"我们是上帝，看在创造了这个世界的份儿上，给点儿吃的吧——"

如果只有一个或几个老流浪者这么说，把他们送进收容所或养老院，与那些无家可归的老年妄想症患者放到一起就是了，但要是有上百万个流落街头的老头儿老太太都这么说，那就是另一回事了。事实上，这种老流浪者在不到半个月的时间里增长到了三千多万人，在纽约北京伦敦和莫斯科的街头上，到处是这种步履蹒跚的老家伙，他们成群结队地堵塞了交通，看上去比城市的原住居民都多，最可怖的是，他们都说着同一句话：

"我们是上帝，看在创造了这个世界的份儿上，给点儿吃的吧——"

直到这时，人们才把注意力从太空中的外星飞船转移到地球上的这些不速之客上来。最近，各大洲上空都多次出现了原因不明的大规模流星雨，每次壮观的流星雨过后，相应地区老流浪者的数量就急剧增加。经过仔细观察，人们发现了这个令人难以置信的事实：老流浪者是自天而降的，他们来自那些外星飞船。他们都像跳水似的孤身跃入大气层，每人身上都穿着一件名叫再入膜的密封服，当这种绝热的服装在大气层中摩擦燃烧时，会产生经过精确调节的减速推力，在漫长的坠落过程中，这种推力产生的过载始终不超过 4 个 G，在这些老家伙的承受范围内。当老流浪者接触地面时，他们的下落速度已接近于零，就像是从一个板凳上跳下差不多，即使这样，还是有很多人在着陆时崴了脚。而在他们接触地面的同时，身上穿的再入膜也正好蒸发干净，不留下一点残余。

天空中的流星雨绵绵不断，老流浪者以越来越大的流量降临地球，他们的人数已接近一亿。

各国政府都试图在他们中找出一个或一些代表，但他们声称，所有的"上帝"都是绝对平等的，他们中的任何一个人都能代表全体。于是，在为此召开的紧急特别联合国大会上，从时代广场上随意找来的一个英语已讲得比较好的老流浪者进入了会场。他显然是最早降临地球的那一批，长袍脏兮兮的，破了好几个洞，大白胡子落满了灰，像一把墩布，他的头上没有神圣的光环，倒是盘旋着几只忠实追随的苍蝇。他拄着那根当作拐杖的顶端已开裂的竹竿，颤巍巍地走到大圆会议桌旁，在各国首脑的注视下慢慢坐下，抬头看着秘书长，露出了他们特有的那种孩子般的笑容：

"我，呵，还没吃早饭呢。"

于是给他端上来一份早餐，全世界的人都在电视中看着他狼吞虎咽，好几次被噎住。面包、香肠和一大盘沙拉很快被风扫残云般吃光，又喝下一大杯牛奶。然后，他又对秘书长露出了天真的笑：

"呵呵，有没有，酒？一小杯就行。"

于是给他端上一杯葡萄酒，他小口地抿着，满意地点点头，"昨天夜里，暖和的地铁出风口让新下来的一帮老家伙占了，我只好睡广场上，现在喝点儿，关节就灵活些，呵呵……你，能给我捶捶背吗？稍捶几下就行。"在秘书长开始捶背时，他摇摇头长叹一声："唉，给你们添麻烦了——"

"你们从哪里来？"美国总统问。

老流浪者又摇摇头："一个文明，只有在它是个幼儿时才有固定的位置，行星会变化，恒星也会变化，文明不久就得迁移，到青年时代她已迁移过多次，这时肯定发现，任何行星的环境都不如密封的飞船稳定，于是他们就以飞船为家，行星反而成为临时住所。所以，任何长大成人的文明都是星舰文明，在太空进行着永恒的流浪，飞船就是她的家，从哪里来？我们从飞船上来。"他说着，用一根脏乎乎的指头向上指指。

"你们总共有多少人？"

"二十亿。"

"你们到底是谁？"秘书长的这个问题问得有道理，他们看上去与人类没有任何不同。

"说过多少次了，我们是上帝。"老流浪者不耐烦地摆了一下手说。

"能解释一下吗？"

"我们的文明，呵，就叫她上帝文明吧，在地球诞生前就已存在了很久，在上帝文明步入它的衰落的暮年时，我们就在刚形成不久的地球上培育了最初的生命，然后，上帝文明在接近光速的航行中跨越时间，在地球生命世界进化到适当的程度时，按照我们远祖的基因引入了一个物种，并消灭了它的天敌，细心地引导它进化，最后在地球上形成了与我们一模一样的文明种族。"

"如何让我们相信您所说的呢？"

"这很容易。"

于是，开始了历时半年的证实行动。人们震惊地看到了从飞船上传输来的地球生命的原始设计蓝图，看到了地球远古的图像；按照老流浪者的指点，在各大陆和各大洋底深深的岩层中挖出了那些令人惊恐的大机器，那是在过去漫长的岁月中一直监测和调节着地球生命世界的仪表……

人们终于不得不相信，至少对于地球生命而言，他们确实是上帝。

三

在第三次紧急特别联大上，秘书长终于代表全人类，向上帝提出了那个关键的问题：他们到地球来的目的。

"我回答这个问题之前，你们首先要对文明有一个正确的认识。"上帝代表抚着胡子说，他还是半年前光临第一届紧急联大的那一位。"你们认为，随着时间的延续，文明会怎样演化？"

"地球文明正处于快速发展时期，如果没有来自大自然的不可抗拒的灾难和意外，我们想，它会一直发展下去。"秘书长回答说。

"错了，你想想，每个人都会经历童年、青年、中年和老年最终走向死亡，恒星也一样，宇宙中的任何事物都一样，甚至宇宙本身，也有终结的那一天，为什么独有文明能够一直成长呢？不，文明也都有老去的那一天，当然也都有死亡的那一天。"

"这个过程具体是怎么发生的呢？"

"不同的文明有着不同的衰老和死亡方式，像不同的人死于不同的疾病

或无疾而终一样。具体到上帝文明，个体寿命的延长是文明步入老年的第一个标志。那时，上帝文明中的个体寿命已延长至近四千个地球年，而他们的思想在两千岁左右就已完全僵化，创造性消失殆尽。这样的个体掌握了社会的绝大部分权力，而新的生命很难出生和成长，文明就老了。"

"以后呢？"

"文明衰老的第二个标志是机器摇篮时代。"

"嗯？"

"那时，我们的机器已经完全不依赖于它们的创造者而独立运行，能够自我维护、更新和扩展，这样的智能机器能够提供一切我们所需要的东西，这不只是物质需要，也包括精神需要，我们不需为生存付出任何努力，完全靠机器养活了，就像躺在一个舒适的摇篮中。想一想，假如当初地球的丛林中充满了采摘不尽的果实，到处是伸手就能抓到的小猎物，猿还能进化成人吗？机器摇篮就是这样一个富庶的丛林，渐渐地，我们忘却了技术和科学，文化变得懒散而空虚，失去了创新能力和进取心，文明加速老去，你们所看到的，就是这样一个进入了风烛残年的上帝文明。"

"那么，您现在是否可以告诉我们上帝文明来到地球的目的？"

"我们无家可归了。"

"可——"秘书长向上指指。

"那都是些老飞船，虽然，飞船上的生态系统比包括地球在内的任何自然形成的生态系统都强健稳定，但飞船都太老了，老得让你们无法想象，机器的部件老化失效，漫长时间内积聚的量子效应产生出越来越多的软件错误，系统的自我维护和修复功能遇到了越来越多的障碍。飞船中的生态环境在渐渐恶化，每个人能够得到的生活必需品配给日益减少，现在只够勉强维持生存，在飞船中的两万多个城市中，弥漫着污浊的空气和绝望的情绪。"

"没有补救的办法吗？比如更新飞船的硬件和软件？"

上帝摇摇头："上帝文明已到垂暮之年，我们是二十亿个三千多岁的老朽之人，其实，早在我们之前，已有上百代人生活在舒适的机器摇篮之中，技术早就被遗忘干净了。现在，我们不会维修那已经运行了几千万年的飞船，其实在技术和学习能力上我们连你们都不如，我们连点亮一盏灯的电路都不会接，连一元二次方程都不会解……终于有一天，飞船说：他们已经到了报废的边缘，航行动力系统已没有能力将飞船推进到接近光速，上帝文明只能进行不到光速十分之一的低速航行，飞船上的生态循环系统已接近崩溃，他们无法继续养活二十亿人了，请我们自寻生路。"

"以前，你们没有想到过会有这一天吗？"

"当然想到过，在两千年前，飞船就开始对我们发出警告，于是，我们采取了措施，在地球上播种生命，为养老做准备。"

"您是说，在两千年前？"

"是的，当然，那是我们的航行时间，从你们的时间坐标来看，那是在三十五亿年前，那时地球刚刚冷却。"

"这就有个问题：你们已经失去了技术能力，但播种生命不需要技术吗？"

"哦，在一个星球上启动生命进程其实只是个很小的工程，播下种子，生命就自己繁衍起来，这种软件在机器摇篮时代之前就有了，只要运行软件，机器就能完成一切。创造一个行星规模的生命世界，进而产生文明，最基本的需要只是时间，几十亿年漫长的时间。接近光速的航行能使我们几乎无限地拥有另一个世界的时间，但现在，上帝文明的飞船发动机已老化，再也不可能接近光速，否则我们还可以创造更多的生命和文明世界，这时也就拥有更多的选择。此时，我们已被禁锢在低速，这些都无法实现了。"

"这么说，你们是想到地球上来养老。"

"哦，是的是的，希望你们尽到对自己创造者的责任，收留我们。"上帝挂着拐杖颤颤地向各国首脑鞠躬，差点儿向前跌倒。

"那么，你们打算如何在地球上生活呢？"

"如果我们在地球上仍然集中生活，那还不如在太空中了却残生呢。我们想融入你们的社会，进入你们的家庭。在上帝文明的童年时代，我们也曾有过家庭，你知道，童年是最值得珍惜的，你们现在正好处于文明的童年时代，如果我们能够回到这个时代，在家庭的温暖中度过余生，那真是最大的幸福。"

"你们有二十亿，地球社会中的每个家庭都要收留你们中的一至两人。"秘书长说完，会场陷入了长时间的沉默。

"是啊是啊，给你们添麻烦了……"上帝连连鞠躬，同时偷偷看秘书长和各国首脑的表情，"当然，我们会给你们一定的补偿的。"他挥了一下拐杖，又有两个白胡子上帝走进了会场，吃力地抬着一个银色的金属箱子，"你们看，这是大量的高密度信息存贮体，系统地存贮着上帝文明在各个学科和技术领域的所有资料，它将使地球文明产生飞跃进化，相信你们会喜欢的。"

秘书长看着金属箱，与在场的各国首脑一样极力掩盖着心中的狂喜，说："赡养上帝应该是人类的责任，虽然这还需要世界各国进一步的磋商，但我想，原则上……"

"给你们添麻烦了，给你们添麻烦了……"上帝一时老泪纵横，又连连鞠躬。

当秘书长和各国首脑走出会议大厅，发现联合国大厦外面聚集了几万名上帝，看去一片白花花的人山人海，天地之间充斥着一片嗡嗡的话音，秘书长仔细听了听，听出他们都在用不同的地球语言反复说着同一句话：

"给你们添麻烦了，给你们添麻烦了……"

四

二十亿个上帝降临了地球，他们大多是穿着再入膜坠入大气层的，那段时间，天空中缤纷的彩雨在白天都能看到。这些上帝着陆后，分散进入了人类社会的十五亿个家庭中。由于得到了上帝的科技资料，人们都对未来充满了历史上从未有过的希冀和憧憬，似乎人类在一夜之间就能进入世世代代梦想中的天堂。在这种心情下，每个家庭都真诚地欢迎上帝的到来。

这天，秋生一家同村里的其他乡亲一起，早早地等在村口，迎接分配到本村的上帝。

"今儿个的天真是个晴啊！"玉莲兴奋地说。

她的这种感觉并非完全是心情使然，因为那布满天空的外星飞船在一夜之间完全消失了，天空重新变得空旷开阔起来。人类一直没有机会登上那些飞船中的任何一艘，上帝对地球人的这种愿望不持异议，但飞船自己不允许，对于人类发射的那些接近它们的简陋原始的探测器，它们不理不睬，紧闭舱门。当最后一批上帝跃入地球大气层后，两万多艘飞船同时飞

离了地球同步轨道。但它们并没有走远，在小行星带飘浮着，这些飞船虽然陈旧不堪，但古老的程序仍在运行，它们唯一的终极使命就是为上帝服务，因而不可能远离上帝，当后者需要时，它们会招之即来的。

乡里的两辆大轿车很快开来，送来了分配到西岑村的一百零六名上帝。秋生和玉莲很快领到了分配给本家的那个上帝，两口儿亲热地挽着上帝的胳膊，秋生爹和兵兵乐呵呵地跟在后面，在上午明媚的阳光下朝家走去。

"老爷子，哦，上帝爷子，"玉莲把脸贴在上帝的肩上，灿烂地笑着说，"听说，你们送来的那些技术，马上就能让我们实现共产主义了！到时候是按需分配，什么都不要钱，去商店拿就行了。"

上帝笑着冲她点点满是白发的头，用还很生硬的汉语说："是的，其实，按需分配只是满足了一个文明最基本的需要，我们的技术将给你们带来的生活，其富裕和舒适，是你完全想象不出来的。"

玉莲的脸笑成了一朵花："不用不用，按需分配就成了，我就满足了嘻嘻！"

"嗯！"秋生爹在后面重重地点点头。

"我们还能像您那样长生不老？"秋生问。

"我们并不能长生不老，只是比你们活得长些而已，现在不是都老了吗？其实人要活过三千岁，感觉和死了也差不多，对一个文明来说，个体太长寿是致命的危险。"

"哦，不用三千岁，三百岁就成啊！"秋生爹也像玉莲一样笑得合不上嘴，"想想，那样的话我现在还是个小伙儿，说不定还能……呵呵呵呵。"

这天，村里像过大年一样，家家都张罗了丰盛的宴席为上帝接风，秋生家也不例外。秋生爹很快让老花雕灌得有三分迷糊了，他冲上帝竖起了大拇指。

"你们行！能造出这所有的活物来，神仙啊！"

上帝也喝了不少，但脑子还清醒，他冲秋生爹摆摆手："不，不是神，是科学，生物科学发展到一定层次，就能像制造机器一样制造出生命来。"

"话虽这么说，可在我们眼里，你们还是跟下凡的神仙没两样啊。"

上帝摇摇头："神应该是不会出错的，但我们，在创世过程中错误不断。"

"你们造我们时还出过错儿？"玉莲吃惊地瞪大了双眼，因为在她的想象里，创造万千生灵就像她八年前生兵兵一样，是出不得错的。

"出过很多，以较近的来说，由于创世软件对环境判断的某些失误，地球上出现了像恐龙这类体积大而适应性差的动物，后来为了你们的进化，只好又把它们抹掉。再说更近的事：自古爱琴海文明消亡后，创世软件认为已经成功地创建了地球文明，就再也没有对人类的进程进行监视和微调，就像把一个上好了发条的钟表扔在那里任它自己走动，这就出现了更多的错。比如，应该让古希腊文明充分地独立发展，马其顿的征服，还有后来罗马的征服都应被制止，虽然这两个力量都不是希腊文明的对立面而是其继承者，但希腊文明的发展方向被改变了……"

秋生家没人能听懂这番话，但都很敬畏地探头恭听。

"再到后来，地球上出现了汉朝和古罗马两大力量，与前面提到的希腊文明相反，不应该让这两大力量在相互隔绝的状态下发展，而应该让它们充分接触……"

"你说的汉朝，是刘邦项羽的汉朝吧，"秋生爹终于抓住了自己知道的一点儿，"那古罗马？"

　　"好像是那时洋人的一个大国，也很大的。"秋生试着解释道。

　　秋生爹不解地问："什么？洋人在清朝来了就把我们收拾成那样儿，你还让他们早在汉朝就同我们见面？！"

　　上帝笑着说："不不，那时，汉朝的军事力量绝不比古罗马差。"

　　"那也很糟，这两强相遇要打起来，可是大仗，血流成河啊！"

　　上帝点点头，伸了筷子去夹红烧肉："有可能，但东西方两大文明将碰撞出灿烂的火花，将人类大大向前推进一步……唉，要是避免那些错误的话，地球人现在可能已经殖民火星，你们的恒星际探测器已越过天狼星了。"

　　秋生爹举起酒碗敬佩地说："谁说上帝们在摇篮里把科学忘了，其实你们还是很有学问的嘛。"

　　"为了在摇篮中过得舒适，还是需要知道一些哲学艺术历史之类的，只是些常识而已，算不得什么学问，现在地球上的很多学者，思想都比我们深刻得多。"

　　……

　　上帝文明进入人类社会的最初一段时间，是上帝们的黄金时光，那时，他们与人类家庭相处得十分融洽，仿佛回到了上帝文明的童年时代，融入那早已被他们忘却的家庭温暖之中，对于他们那漫长的一生来说，这应该是再好不过的结局了。

　　秋生家的上帝，在这个秀美的江南小村过着宁静的田园生活，每天到竹林环绕的池塘中钓钓鱼，同村里的老人聊聊天下下棋，其乐融融。但他最大的爱好是看戏，有戏班子到村里或镇里时，他场场不误。上帝最爱看的是《梁祝》，看一场不够，竟跟着那个戏班子走了一百多里地，连看了好几场。后来秋生从镇子里为他买回一张这戏的 VCD，他就一遍遍放着看，后来也能哼几句像模像样的黄梅戏了。

有天玉莲发现了一个秘密，她悄悄地对秋生和公公说："你们知道吗，上帝爷子每看完戏，总是从里面口袋掏出一个小片片看，边看边哼曲儿，我刚才偷看了一眼，那是张照片，上面有个好漂亮的姑娘耶！"

傍晚，上帝又放了一遍《梁祝》，掏出那张美人像边看边哼起来，秋生爹悄悄凑过去："上帝爷子啊，你那是……从前的相好儿？"

上帝吓了一跳，赶紧把照片塞进怀里，对秋生爹露出孩子般的笑："呵呵，是是，她是我两千多年前的爱。"

在旁边偷听的玉莲撇了撇嘴，还两千多年前的爱呢，这么大岁数了，真酸得慌。

秋生爹本想看看那张照片，但看到上帝护得那么紧，也不好意思强要，只能听着上帝的回忆。

"那时我们都还很年轻，她是极少数没有在机器摇篮中沉沦的人，发起了一次宏伟的探险航行，要航行到宇宙的尽头，哦，这你不用细想，很难搞明白的……她期望用这次航行唤醒机器摇篮中的上帝文明，当然，这不过是一个美好的愿望罢了。她让我同去，但我不敢，那无边无际的宇宙荒漠吓住了我，那是两百亿光年的漫漫长程啊。她就自己去了，在以后的两千多年里，我对她的思念从来就没间断过啊。"

"两百亿光年？照你以前说的，就是光要走两百亿年？！乖乖，那也太远了，这可是生离死别啊，上帝爷子，你就死了那份心思吧，再见不着她的面儿啰。"

上帝点点头，长叹一声。

"不过嘛，她现在也你这岁数了吧。"

上帝从沉思中醒过来，摇摇头："哦，不不，这么远的航程，那艘探险飞船会很贴近光速的航行，她应该还很年轻，老的是我……宇宙啊，你真不知道它有多大，你们所谓的沧海桑田天长地久，不过是时空中的一粒沙啊……话说回来，你感觉不到这些，有时候还真是一种幸运呢！"

五

上帝与人类的蜜月很快结束了。

人们曾对从上帝那里得到的科技资料欣喜若狂，认为它们能使人类的梦想在一夜之间变为现实。借助于上帝提供的接口设备，那些巨量的信息被很顺利地从存贮体中提取出来，并开始被源源不断地译成英文，为了避免纷争，世界各国都得到了一份拷贝。但人们很快发现，要将这些技术变成现实，至少在本世纪内是不可能的事。其实设想一下，如果有一个时间旅行者将现代技术资料送给古埃及人会是什么情况，就能够理解现在人类面临的尴尬处境了。

在石油即将采尽的今天，能源技术是人们最关心的技术。但科学家和工程师们很快发现，上帝文明的能源技术对现代人类毫无用处，因为他们的能源是建立在正反物质湮灭的基础上的。即使读懂所有相关资料，最后制造出湮灭发动机和发电机（在这一代人内这基本上不可能），一切还是等于零，因为这些能源机器的燃料——反物质，需要远航飞船从宇宙中开采，据上帝的资料记载，距地球最近的反物质矿藏是在银河系至仙女座星云之间的黑暗太空中，有五十五万光年之遥！而接近光速的星际航行几乎涉及所有的学科，其中的大部分理论和技术对人类而言高深莫测，人类学者即使对其基础部分有个大概的了解，可能也需半个世纪的时间。科学家们曾满怀希望地查询受控核聚变的技术信息，但根本没有，这很好理解：人类现代的能源科学并不包含钻木取火的技巧。

在其他的学科领域，如信息技术和生命科学（其中蕴含着使人类长生的秘密）也一样，最前沿的科学家也完全无法读懂那些资料，上帝科学与人类科学的理论距离目前还是一道无法跨越的深渊。

来到地球上的上帝们无法给科学家们提供任何帮助，正如那一位所说，

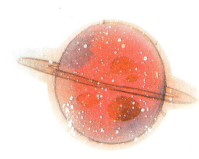

现在在他们中间，会解一元二次方程的人都很少了。而那群飘浮在小行星带的飞船，对人类的呼唤毫不理睬。现在的人类就像是一群刚入学的小学生，突然被要求研读博士研究生的课程，而且没有导师。

另一方面，地球上突然增加了二十亿人口，这些人都是不能创造任何价值的超老人，其中大半疾病缠身，给人类社会造成了前所未有的压力。各国家政府要付给每个接收上帝的家庭一笔可观的赡养费，医疗和其他公共设施也已不堪重负，世界经济到了崩溃的边缘。

上帝和秋生一家的融洽关系不复存在，他渐渐被这家人看作是一个天

外飞来的负担，受到越来越多的嫌弃，而每个嫌弃他的人各有各的理由。

玉莲的理由最现实也最接近问题的实质，那就是上帝让她家的日子过穷了。在这家人中，她是最令上帝烦恼的一个，那张尖酸刻薄的刀子嘴，比太空中的黑洞和超新星都令他恐惧。她的共产主义理想破灭后，就不停地在上帝面前唠叨，说在他来之前他们家的日子是多么的富裕多么的滋润，那时什么都好，现在什么都差，都是因为他，摊上他这么个老不死的真是倒了大霉！每天只要一有机会，她就这样对上帝恶语相向。上帝有很重的气管炎，这虽不是什么花大钱的病，但需要长期的治和养，钱自然是要不断地花。终于有一天，玉莲不让秋生带上帝去镇医院看病，也不给他买药了，这事让村支书知道了，很快找上门来。

支书对玉莲说："你家上帝的病还是要用心治，镇医院跟我打招呼了，说他的气管炎如果不及时治疗，有可能转成肺气肿。"

"要治村里或政府给他治，我家没那么多钱花在这上面！"玉莲冲村支书嚷道。

"玉莲啊，按上帝赡养法，这种小额医疗是要由接收家庭承担的，政府发放的赡养费已经包括这费用了。"

"那点儿赡养费顶个屁用！"

"话不能这么说，你家领到赡养费后买了奶牛，用上了液化气，还换了大彩电，就没钱给上帝治病？大伙都知道这个家是你在当，我把话说在这儿，你可别给脸不要脸，下次就不是我来劝你了，会是乡里县里上委（上帝赡养委员会）的人来找你，到时你吃不了兜着！"

玉莲没办法，只好恢复了对上帝的医疗，但日后对他就更没好脸了。

有一次上帝对玉莲说："不要着急嘛，地球人很有悟性，学得也很快，只需一个世纪左右，上帝科学技术中层次较低的一部分就能在人类社会得到初步应用，那时生活会好起来的。"

"切，一个世纪，还只需，你这叫人话啊？"正在洗碗的玉莲头也不回地说。

"这时间很短啊。"

"那是对你们，你以为我能像你似的长生不老啊，一个世纪过去，我的骨头都找不着了！不过我倒要问问，你觉得自个儿还能活多少时间呢？"

"唉，风烛残年了，再能活三四百个地球年就很不错了。"

玉莲将一摞碗全摔到了地上："咱这到底是谁给谁养老谁给谁送终啊？！啊，合着我累死累活伺候你一辈子，还得搭上我儿子孙子往下十几辈不成？！说你老不死你还真是啊！"

……

至于秋生爹，则认为上帝是个骗子。其实，这种说法在社会上也很普遍，既然科学家看不懂上帝的科技文献，就无法证实它们的真伪，说不定人类真让上帝给耍了。对于秋生爹而言，他这方面的证据更充分一些。

"老骗子，行骗也没你这么猖狂的，"他有一天对上帝说，"我懒得揭穿你，你那一套真不值得我揭穿，甚至不值得我孙子揭穿呢！"

上帝问他有什么地方不对。

"先说最简单的一个吧：我们的科学家知道，人是由猴儿变来的，对不对？"

上帝点点头："准确地说是由古猿进化来的。"

"那你怎么说我们是你们造的呢？既然造人，直接造成我们这样儿不就行了，为什么先要造出古猿，再进化什么的，这说不通啊！"

"人要以婴儿出生再长大为成人，一个文明也一样，必须从原始状态进化发展而来，这其中的漫长历程是不可省略的。事实上，对于人类这一物种分支，我们最初引入的是更为原始的东西，古猿已经经过相当的进化了。"

"我不信你故弄玄乎的那一套，好好，再说个更明显的吧，告诉你，这还是我孙子看出来的：我们的科学家说地球上三十多亿年前就有生命了，这你是认的，对吧？"

上帝点点头："他们估计得基本准确。"

"那你有三十多亿岁？"

"按你们的时间坐标，是的；但按上帝飞船的时间坐标，我只有三千五百岁。飞船以接近光速飞行，时间的流逝比你们的世界要慢得多。当然，有少数飞船会不定期脱离光速，降至低速来到地球，对地球上的生命进化进行一些调整，但这只需很短的时间，这些飞船很快就会重新进入太空进行接近光速的航行，继续跨越时间。"

"扯——"秋生爹轻蔑地说。

"爹，这可是相对论，也是咱们的科学家证实了的。"秋生插嘴说。

"相对个屁！你也给我瞎扯，哪有那么玄乎的事儿？时间又不是香油，还能流得快慢不同？！我还没老糊涂呢！倒是你，那些书把你看傻了！"

"我很快就能向你们证明，时间能够以不同的速度流逝，"上帝一脸神秘地说，同时从怀里掏出了那张两千年前情人的照片，把它递给秋生，"仔细看看，记住她的每一个细节。"

秋生看那照片的第一眼时，就知道自己肯定能够记住每一个细节，想忘都不容易。同其他的上帝一样，她综合了各色人种的特点，皮肤是温润的象牙色，那双会唱歌的大眼睛绝对是活的，一下子就把秋生的魂儿勾走了。她是上帝中的姑娘，她是姑娘中的上帝，那种上帝之美，如第二个太阳，人类从未见过也根本无法承受。

"瞧你那德行样儿，口水都流出来了！"玉莲一把从已经有些傻呆的秋生手中抢过照片，还没拿稳，就让公公抢去了。

"我来我来，"秋生爹说着，那双老眼立刻凑到照片上，近得不能再近了，好长时间一动不动地，好像那能当饭吃。

"凑那么近干吗？"玉莲轻蔑地问。

"去去，我不是没戴老花镜嘛。"秋生爹脸伏在照片上说。

玉莲用不屑的目光斜视了公公几秒钟，撇撇嘴，转身进厨房了。

上帝把照片从秋生爹手中拿走了，后者的双手恋恋不舍地护送照片走了一段，上帝说："记好细节，明天的这个时候再让你们看。"

整整一天，秋生爷俩少言寡语，都在想着那位上帝姑娘，他们心照不宣，惹得玉莲脾气又大了许多。终于等到了第二天的同一个时候，上帝好像忘了那事，经秋生爹的提醒才想起来，他掏出那张让爷俩想念了一天的照片，首先递给秋生："仔细看看，她有什么变化？"

"没啥变化呀，"秋生全神贯注地看着，过了好一会儿，终于看出点东西来，"哦，对，她嘴唇儿张开的缝比昨天好像小了一些，小得不多，但确实小了一些，看嘴角儿这儿……"

"不要脸的，你看得倒是细！"照片又让媳妇抢走了，同样又让公公抢到手里。

"还是我来——"秋生爹今天拿来了老花镜，戴上细细端详着，"是是，是小了些。还有很明显的一点你怎么没看出来呢？这小绺头发嘛，比昨天肯定向右飘了一点点的！"

　　上帝将照片从秋生爹手中拿过来，举到他们面前："这不是一张照片，而是一台电视接收机。"

　　"就是……电视机？"

　　"是的，电视机，现在它接收的，是她在那艘飞向宇宙边缘的探险飞船上的实况画面。"

　　"实况？就像转播足球赛那样？！"

　　"是的。"

　　"这，这上面的她居然……是活的！"秋生目瞪口呆地说，连玉莲的双眼都睁得核桃大。

　　"是活的，但比起地球上的实况转播，这个画面有时滞，探险飞船大约已经飞出了八千万光年，那么时滞就是八千万年，我们看到的，是八千万年前的她。"

　　"这小玩意儿能收到那么远的地方传来的电波？"

　　"这样的超远程宇宙通信，只能使用中微子或引力波，我们的飞船才能收到，放大后再转发到这个小电视机上。"

　　"宝物，真是宝物啊！"秋生爹由衷地赞叹道，不知是指的那台小电视，还是电视上那个上帝姑娘，反正一听说她居然是"活的"，秋生爷俩的感情就上升了一个层次，秋生伸手要去捧小电视，但上帝不给。

　　"电视中的她为什么动得那么慢呢？"秋生问。

　　"这就是时间流逝速度不同的结果，从我们的时空坐标上看，接近光速飞行的探险飞船上的时间流逝得很慢很慢。"

　　"那……她就能跟你说话儿了是吗？"玉莲指指小电视问。

　　上帝点点头，按动了小屏幕背面的一个开关，小电视立刻发出了一个声音，那是一个柔美的女声，但是音节恒定不变，像是歌唱结束时永恒拖长的尾声。上帝用充满爱意的目光凝视着小屏幕："她正在说呢，刚刚说出'我爱你'三个字，每个字说了一年多的时间，已说了三年半，现在正在结束'你'字，完全结束可能还需要三个月左右吧。"上帝把目光从屏幕上移开，仰视着院子上方的苍穹，"她后面还有话，我会用尽残生去听的。"

兵兵和本家上帝的好关系倒是维持了一段时间，上帝们或多或少都有些童心，与孩子们谈得来也能玩到一块儿。但有一天，兵兵闹着要上帝的那块大手表，上帝坚决不给，说那是和上帝文明通信的工具，没有它，自己就无法和本种族联系了。

"哼，看看看看，还想着你们那个文明啊种族啊，从来就没有把我们当自家人！"玉莲气鼓鼓地说。

从此以后，兵兵也不和上帝好了，还不时搞些恶作剧作弄他。

家里唯一还对上帝保持着尊敬和孝心的就是秋生，秋生高中毕业，加上平时爱看书，村里除去那几个考上大学走了的，他就是最知书达理的人了。但秋生在家是个地地道道的软蛋角色，平时看老婆的眼色行事，听爹的训斥过活，要是遇到爹和老婆对他的指示不一致，就只会抱头蹲在那流眼泪了。他这个熊样儿，在家里自然无法维护上帝的权益了。

六

上帝与人类的关系终于恶化到不可挽回的地步。

　　秋生家与上帝关系的彻底破裂，是因为方便面那事。这天午饭前，玉莲就搬着一个纸箱子从厨房出来，问她昨天刚买的一整箱方便面怎么一下子少了一半。

　　"是我拿的，我给河那边儿送过去了，他们快断粮了。"上帝低着头小声回答说。

　　他说的河那边，是指村里那些离家出走的上帝的聚集点。近日来，村里虐待上帝的事屡有发生，其中最刁蛮的一户人家，对本家的上帝又打又骂，还不给饭吃，逼得那个上帝跳到村前的河里寻短见，幸亏让人救起。这事惊动面很大，来处理的不是乡和县里的人，而是市公安局的刑警，还跟着 CCTV 和省电视台的一帮记者，把那两口子一下子都铐走了。按照《上帝赡养法》，他们犯了虐待上帝罪，最少要判十年的，而这个法律是唯一一个在世界各国都通用并且统一量刑的法律。这以后村里的各家收敛了许多，至少在明里不敢对上帝太过分了，但同时，也更加剧了村里人和上帝之间的隔阂。开始有上帝离家出走，其他的上帝纷纷效仿，到目前为止，西岑村近三分之一的上帝离开了收留他们的家庭。这些出走的上帝在河对岸的田野上搭起帐篷，过起了艰苦的原始生活。

　　在国内和世界的其他地方，情况也好不到哪去，城市中的街道上再次出现了成群的流浪上帝，且数量还在急剧增加，重演了三年前那噩梦般的一幕。这个人和上帝共同生活的世界面临着巨大的危机。

　　"好啊，你倒是大方！你个吃里爬外的老不死的！"玉莲大骂起来。

　　"我说老家伙，"秋生爹一拍桌子站了起来，"你给我滚！你不是惦记着河那边的吗？滚到那里去和他们一起过吧！"

　　上帝低头沉默了一会儿，站起身，到楼上自己的小房间去，默默地把属于他自己的不多的几件东西装到一个小包袱里，拄着那根竹拐杖缓缓出了门，向河的方向走去。

秋生没有和家里人一起吃饭，一个人低头蹲在墙角默不作声。

"死鬼，过来吃啊，下午还要去镇里买饲料呢！"玉莲冲他喊，见他没动，就过去揪他的耳朵。

"放开。"秋生说，声音不高，但玉莲还是触电似的放开了，因为她从来没有见过自己的男人有那种阴沉的表情。

"甭管他，爱吃不吃，傻小子一个。"秋生爹不以为然地说。

"呵，你惦记老不死上帝了是不是？那你也滚到河那边野地里跟他们过去吧！"玉莲用一根手指捅着秋生的脑袋说。

秋生站起身，上楼到卧室里，像刚才上帝那样整理了不多的几件东西，装到以前进城打工用过的那个旅行包中，背着下了楼，大步向外走去。

"死鬼你去哪儿啊？！"玉莲喊道，秋生不理会只是向外走，她又喊，声音有些胆怯了："多会儿回来？！"

"不回来了。"秋生头也不回地说。

"什么？！回来！你小子是不是吃大粪了？！回来！"秋生爹跟着儿子出了屋，"你咋的？就算不要老婆孩子，爹你也不管了？！"

秋生站住了，头也不回地说："凭什么要我管你？"

"哎这话说的，我是你老子！我养大了你！你娘死的那么早，我把你姐弟俩拉扯大容易吗？！你混了你！"

秋生回头看了他爹一眼说："要是创造出咱们祖宗的祖宗的祖宗的人都让你一脚踢出了家门，我不养你的老也算不得什么大罪过。"说完顾自走去，留下他爹和媳妇在门边目瞪口呆地站着。

　　秋生从那座古老的石拱桥上过了河，向上帝们的帐篷走去。他看到，在撒满金色秋叶的草地上，几个上帝正支着一口锅煮着什么，他们的大白胡子和锅里冒出的蒸汽都散映着正午的阳光，很像一幅上古神话中的画面。秋生找到自家的上帝，憨憨地说："上帝爷子，咱们走吧。"

　　"我不回那个家了。"上帝摆摆手说。

　　"我也不回了，咱们先去镇里我姐家住一阵儿，然后我去城里打工，咱们租房子住，我会养活您一辈子的。"

　　"你是个好孩子啊——"上帝拍拍秋生的肩膀说，"可我们要走了。"他指指自己手腕上的表，秋生这才发现，他和所有上帝的手表都发出闪动的红光。

　　"走？去哪儿？"

　　"回飞船上去。"上帝指了指天空，秋生抬头一看，发现空中已经有了两艘外星飞船，反射着银色的阳光，在蓝天上格外醒目。其中一艘已经呈现出很大的轮廓和清晰的形状，另一艘则处在后面深空的远处，看上去小了很多。最令秋生震惊的是，从第一艘飞船上垂下了一根纤细的蛛丝，从太空直垂到远方的地面！随着蛛丝缓慢的摆动，耀眼的阳光在蛛丝不同的区段上窜动，看上去像蓝色晴空中细长的闪电。

　　"太空电梯，现在在各个大陆上已经建起了一百多条，我们要乘它离开地球回到飞船上去。"上帝解释说，秋生后来知道，飞船在同步轨道上放下电梯的同时，向着太空的另一侧也要有相同的质量来平衡，后面那艘深空中的飞船就是作为平衡配重的。当秋生的眼睛适应了天空的光亮后，发现更远的深空中布满了银色的星星，那些星星分布均匀，构成一个巨大的矩阵。秋生知道，那是从小行星带正在飞向地球的其余两万多艘上帝文明的飞船。

七

两万艘外星飞船又布满了地球的天空，在以后的两个月中，有大量的太空舱沿着垂向各大陆的太空电梯上上下下，接走在地球上生活了一年多的二十亿上帝。那些太空舱都是银色的球体，远远看去，像是一串串挂在蛛丝导轨上的晶莹露珠。

西岑村的上帝走的这天，全村的人都去送，所有的人对上帝都亲亲热热，让人想起一年前上帝来的那天，好像上帝前面受到的那些嫌弃和虐待与他们毫无关系似的。

村口停着两辆大客车，就是一年前送上帝来的那两辆，这一百来个上帝要被送到最近的太空电梯下垂点搭乘太空舱，从这里能看到的那根蛛丝，与陆地的接点其实有几百公里之遥。

秋生一家都去送本家的上帝，一路上大家默默无语，快到村口时，上帝停下了，拄着拐杖对一家人鞠躬："就送到这儿吧，谢谢你们这一年的收留和照顾，真的谢谢，不管飞到宇宙的哪个角落，我都会记住这个家的。"他说着把那块球形的大手表摘下来，放到兵兵手里，"送给你啦。"

"那……你以后怎么同其他上帝通信呢？"兵兵问。

"都在飞船上，用不着这东西了。"上帝笑着说。

"上帝爷子啊，"秋生爹一脸伤感地说，"你们那些船可都是破船了，住不了多久了，你们坐着它们能去哪呢？"

上帝抚着胡子平静地说："飞到哪儿算哪儿吧，太空无边无际，哪儿还不埋人呢？"

　　玉莲突然哭出声儿来："上帝爷子啊，我这人……也太不厚道了，把过日子攒起来的怨气全撒到您身上，真像秋生说的，一点良心都没了……"她把一个竹篮子递到上帝手中，"我一早煮了些鸡蛋，您拿着路上吃吧。"

　　上帝接过了篮子："谢谢！"他说着，拿出一个鸡蛋剥开皮津津有味地吃了起来，白胡子上沾了星星点点的蛋黄，同时口齿不清地说着："其实，我们到地球来，并不只是为了活下去，都是活了两三千岁的人了，死有什么可在意的？我们只是想和你们在一起，我们喜欢和珍惜你们对生活的热情、你们的创造力和想象力，这些都是上帝文明早已失去的，我们从你们身上看到了上帝文明的童年。但真没想到给你们带来了这么多的麻烦，实在对不起了。"

　　"你留下来吧爷爷，我不会再不懂事了！"兵兵流着眼泪说。

　　上帝缓缓摇摇头："我们走，并不是因为你们待我们怎么样，能收留我们，已经很满足了。但有一件事让我们没法待下去，那就是：上帝在你们的眼中已经变成了一群老可怜虫，你们可怜我们了，你们竟然可怜我们了。"

　　上帝扔下手中的蛋壳，抬起白发苍苍的头仰望长空，仿佛透过那湛蓝的大气层看到了灿烂的星海："上帝文明怎么会让人可怜呢？你们根本不知道这是一个怎样伟大的文明，不知道她在宇宙中创造了多少壮丽的史诗、多少雄伟的奇迹！记得那是银河一八五七纪元吧，天文学家们发现，有大批的恒星加速了向银河系的中心运动，这恒星的洪水一旦被银心的超级黑洞吞没，产生的辐射将毁灭银河系中的一切生命。于是，我们那些伟大的祖先，在银心黑洞周围沿银河系平面建起了一个直径一万光年的星云屏蔽环，使银河系中的生命和文明延续下去。那是一项多么宏伟的工程啊，整整延续了一千四百万年才完成……紧接着，仙女座和大麦哲伦两个星系的文明对银河系发动了强大的联合入侵，上帝文明的星际舰队跨几十万光年，在仙女座与银河系的引力平衡点迎击入侵者。当战争进入白热化的时候，双方数量巨大的舰队在缠斗中混为一体，形成了一个直径有太阳系大小的旋涡星云，在战争的最后阶段，上帝文明毅然将剩余的所有战舰和巨量的非战斗飞船投入了这个高速自旋的星云，使得星云总质量急剧增加，引力大于离心力，这个由星际战舰和飞船构成的星云居然在自身引力下坍缩，生成了一颗恒星！由于这颗恒星中的重元素比例很高，在生成后立刻变成了一颗疯狂爆发的超新星，照亮了仙女座和银河系之间漆黑的宇宙深渊！我们伟大的先祖就是以这样的气概和牺牲消灭了入侵者，把银河系变成一个和平的生命乐园……现在文明是老了，但不是我们的错，无论怎样努力避免，一个文明总是要老的，谁都有老的时候，你们也一样。我们真的不需要你们可怜。"

"与你们相比，人类真算不得什么。"秋生敬畏地说。

"也不能这么说，地球文明还是个幼儿。我们盼着你们快快长大，盼望地球文明能够继承她的创造者的光荣。"上帝把拐杖扔下，两手一高一低放在秋生和兵兵肩上，"说到这里，我最后有些话要嘱咐你们。"

"我们不一定听得懂，但您说吧。"秋生郑重地点点头说。

"首先，一定要飞出去！"上帝对着长空伸开双臂，他身上宽大的白袍随着秋风飘舞，像一面风帆。

"飞？飞到哪儿？"秋生爹迷惑地问。

"先飞向太阳系的其他行星、再飞向其他的恒星，不要问为什么，只是尽最大的力量向外飞，飞得越远越好！这样要花很多钱死很多人，但一定要飞出去，任何文明，待在它诞生的世界不动就等于自杀！到宇宙中去寻找新的世界新的家，把你们的后代像春雨般洒遍银河系！"

"我们记住了。"秋生点点头，虽然他和自己的父亲儿子媳妇一样，都不能真正理解上帝的话。

"那就好，"上帝欣慰地长出一口气，"下面，我要告诉你们一个秘密，一个对你们来说是天大的秘密——"他用蓝幽幽的眼睛依次盯着秋生家的每个人看，那目光如飕飕寒风，让他们心里发毛，"你们，有兄弟。"

秋生一家迷惑不解地看着上帝，是秋生首先悟出了上帝这话的含义："您是说，你们还创造了其他的地球？"

上帝缓缓地点点头："是的，还创造了其他的地球，也就是其他的人类文明。目前除了你们，这样的文明还存在着三个，距你们都不远，都在两百光年的范围内，你们是地球四号，是年龄最小的一个。"

"你们去过那里吗？"兵兵问。

上帝又点点头："去过，在来你们的地球之前，我们先去了那三个地球，想让他们收留我们。地球一号还算好，在骗走了我们的科技资料后，只是把我们赶了出来；地球二号，扣下了我们中的一百万人当人质，让我们用飞船交换，我们付出了一千艘飞船，他们得到飞船后发现不会操作，就让那些人质教他们，发现人质也不会就将他们全杀了；地球三号也扣下了我们的三百万人质，让我们用几艘飞船分别撞击地球一号和二号，因为他们之间处于一种旷日持久的战争状态中，其实只一艘反物质动力飞船的撞击就足以完全毁灭一个地球上的全部生命，我们拒绝了，他们也杀了那些人质……"

"这些不肖子孙，你们应该收拾他们几下子！"秋生爹愤怒地说。

上帝摇摇头："我们是不会攻击自己创造的文明的。你们是这四个兄弟中最懂事的，所以我才对你们说了上面那些话。你们那三个哥哥极具侵略性，他们不知爱和道德为何物，其凶残和嗜杀是你们根本无法想象的，其实我们最初创造了六个地球，另外两个分别与地球一号和三号在同一个行星系，都被他们的兄弟毁灭了。这三个地球之所以还没有互相毁灭，只是因为他们分属不同的恒星，距离较远。他们三个都已经得知了地球四号的存在，并有太阳系的准确坐标，所以，你们必须先去消灭他们，免得他们来消灭你们。"

"这太吓人了！"玉莲说。

"暂时还没那么可怕，因为这三个哥哥虽然文明进化程度都比你们先进，但仍处于低速宇航阶段，他们最高的航行速度不超过光速的十分之一，航行距离也超不出三十光年。这是一场生死赛跑，看你们中谁最先能够贴近光速航行，这是突破时空禁锢的唯一方式，谁能够首先达到这个技术水平，谁才能生存下来，其他稍慢一步的都必死无疑，这就是宇宙中的生存竞争，孩子们，时间不多了，要抓紧！"

"这些事情，地球上那些最有学问最有权力的人都知道了吧？"秋生爹战战兢兢地问。

"当然知道，但不要只依赖他们，一个文明的生存要靠其每个个体的共同努力，当然也包括你们这些普通人。"

"听到了吧兵兵，要好好学习！"秋生对儿子说。

"当你们以近光速飞向宇宙，解除了那三个哥哥的威胁，还要抓紧办一件重要的事：找到几颗比较适合生命生存的行星，把地球上的一些低等生物，如细菌海藻之类的，播撒到那些行星上，让他们自行进化。"

秋生正要提问，却见上帝弯腰拾起了地上的拐杖，于是一家人同他一起向大客车走去，其他的上帝已在车上了。

"哦，秋生啊，"上帝想起了什么，又站住了，"走的时候没经你同意就拿了你几本书，"他打开小包袱让秋生看，"你上中学时的数理化课本。"

"啊，拿走好了，可您要这个干什么？"

上帝系起包袱说："学习呗，从解一元二次方程学起，以后太空中的漫漫长夜里，总得找些打发时间的办法。谁知道呢，也许有那么一天，我真的能试着修好我们那艘飞船的反物质发动机，让它重新进入光速呢！"

"对了，那样你们又能跨越时间了，就可以找个星球再创造一个文明给你们养老了！"秋生兴奋地说。

上帝连连摇头："不不不，我们对养老已经不感兴趣了，该死去的就让它死去吧。我这么做，只是为了自己最后一个心愿，"他从怀里掏出了那个小电视机，屏幕上，他那两千年前的情人还在慢慢说着那三个字中的最后一个，"我只想再见到她。"

"这念头儿是好，但也就是想想罢了。"秋生爹摇摇头说，"你想啊，她已经飞出去两千多年了，以光速飞的，谁知道飞到什么地方去了，你就是修好了船，也追不上她了，你不是说过，没什么能比光走得更快吗？"

上帝用拐杖指指天空："这个宇宙，只要你耐心等待，什么愿望都有可能实现，虽然这种可能性十分渺茫，但总是存在的。我对你们说过，宇宙诞生于一场大爆炸，现在，引力使它的膨胀速度慢了下来，然后宇宙的膨胀会停下来，转为坍缩。如果我们的飞船真能再次接近光速，我就让它无限逼近光速飞行，这样就能跨越无限的时间，直接到达宇宙的末日时刻，那时，宇宙已经坍缩得很小很小，会比乒乓的皮球还小，会成为一个点，那时，宇宙中的一切都在一起了，我和她，自然也在一起了。"一滴泪滚出上帝的眼角，滚到胡子上，在上午的阳光中晶莹闪烁着，"宇宙啊，就是《梁祝》最后的坟墓，我和她，就是墓中飞出的两只蝶啊——"

八

一个星期后，最后一艘外星飞船从地球的视野中消失，上帝走了。

西岑村恢复了以前的宁静，夜里，秋生一家坐在小院中看着满天的星星，已是深秋，田野里的虫鸣已经消失了，微风吹动着脚下的落叶，感觉有些寒意。

"他们在那么高处飞，多大的风啊，多冷啊——"玉莲喃喃自语道。

秋生说："哪有什么风啊，那是太空，连空气都没有呢！冷倒是真的，冷到了头儿，书上叫绝对零度，唉，那黑漆漆的一片，不见底也没有边，那是噩梦都梦不见的地方啊！"

玉莲的眼泪又出来了，但她还是找话说以掩饰一下："上帝最后说的那两件事儿，地球的三个哥哥我倒是听明白了，可他后面又说，要我们向别的星球上撒细菌什么的，我想到现在也不明白。"

"我明白了，"秋生爹说，在这灿烂的星空下，他愚拙了一辈子的脑袋终于开了一次窍，他仰望着群星，头顶着它们过了一辈子，他发现自己今天才真切地看到它们的样子，一种从未有过的感觉充满了他的血液，使他觉得自己仿佛与什么更大的东西接触了一下，虽远未能融为一体，这感觉还是令他震惊不已，他对着星海长叹一声，说：

"人啊，该考虑养老的事了。"

《末日三部曲》之二

微纪元

回归

先行者知道，他现在是全宇宙中唯一的一个人了。

他是在飞船越过冥王星时知道的，从这里看去，太阳是一个暗淡的星星，同三十年前他飞出太阳系时没有两样，但飞船计算机刚刚进行的视行差测量告诉他，冥王星的轨道外移了许多，由此可以计算出太阳比他启程时损失了 4.74% 的质量，由此又可推论出另外一个使他的心先是颤抖然后冰冻的结论。

那事已经发生过了。

其实，在他启程时人类已经知道那事要发生了，通过发射上万个穿过太阳的探测器，天体物理学家们确定了太阳将要发生一次短暂的能量闪烁，并损失大约 5% 的质量。

如果太阳有记忆，它不会对此感到不安，在那几十亿年的漫长生涯中，它曾经历过比这大得多的剧变，当它从星云的旋涡中诞生时，它的生命的剧变是以毫秒为单位的，在那辉煌的一刻，引力的坍缩使核聚变的火焰照亮星云混沌的黑暗……它知道自己的生命是一个过程，尽管现在处于这个过程中最稳定的时期，偶然的、小小的突变总是免不了的，就像平静的水面上不时有一个小气泡浮起并破裂。能量和质量的损失算不了什么，它还是它，一颗中等大小，视星等为－26.8的恒星。甚至太阳系的其他部分也不会受到太大的影响，水星可能被熔化，金星稠密的大气将被剥离，再往外围的行星所受的影响就更小了，火星颜色可能由于表面的熔化而由红变黑，地球嘛，只不过表面温度升高至4000℃，这可能会持续100小时左右，海洋肯定会被蒸发，各大陆表面岩石也会熔化一层，但仅此而已。以后，太阳又将很快恢复原状，但由于质量的损失，各行星的轨道会稍微后移，这影响就更小了，比如地球，气温可能稍稍下降，平均降到零下110℃左右，这有助于熔化的表面重新凝结，并使水和大气多少保留一些。

那时人们常谈起一个笑话，说的是一个人同上帝的对话：上帝啊，一万年对你是多么短啊！上帝说：就一秒钟；上帝啊，一亿元对你是多么少啊，上帝说：就一分钱；上帝啊，给我一分钱吧！上帝说：请等一秒钟。

现在，太阳让人类等了"一秒钟"：预测能量闪烁的时间是在一万八千年之后。这对太阳来说确实只是一秒钟，但却可以使目前活在地球上的人类对"一秒钟"后发生的事采取一种超然的态度，甚至当作一种哲学理念。影响不是没有的，人类文化一天天变得玩世不恭起来，但人类至少还有四五百代的时间可以从容地想想逃生的办法。

两个世纪以后，人类采取了第一个行动：发射了一艘恒星际飞船，在周围100光年以内寻找带有可移民行星的恒星，飞船被命名为方舟号，这批宇航员都被称为先行者。

　　方舟号掠过了六十颗恒星，也是掠过了六十个炼狱。其中只有一颗恒星有一颗卫星，那是一滴直径八千公里的处于白炽状态的铁水，因其液态，在运行中不断地改变着形状……方舟号此行唯一的成果，就是进一步证明了人类的孤独。

　　方舟号航行了二十三年时间，但这是"方舟时间"，由于飞船以接近光速行驶，地球时间已过了两万五千年。

　　本来方舟号是可以按预定时间返回的。

　　由于在接近光速时无法同地球通信，必须把速度降至光速的一半以下，这需要消耗大量的能量和时间。所以，方舟号一般每月减速一次，接收地球发来的信息，而当它下一次减速时，收到的已是地球一百多年后发出的信息了。方舟号和地球的时间，就像从高倍瞄准镜中看目标一样，瞄准镜稍微移动一下，镜中的目标就跨越了巨大的距离。方舟号收到的最后一条信息是在"方舟时间"自起航十三年，地球时间自起航一万七千年时从地球发出的，方舟号一个月后再次减速，发现地球方向已寂静无声了。一万多年前对太阳的计算可能稍有误差，在方舟号这一个月，地球这一百多年间，那事发生了。

　　方舟号真成了一艘方舟，但已是一艘只有诺亚一人的方舟。其他的七名先行者，有四名死于一颗在飞船四光年处突然爆发的新星的辐射，二人死于疾病，一人（是男人）在最后一次减速通信时，听着地球方向的寂静开枪自杀了。

　　以后，这唯一的先行者曾使方舟号保持在可通信速度很长时间，后来他把飞船加速到光速，心中那微弱的希望之火又使他很快把速度降下来聆听，由于减速越来越频繁，回归的行程拖长了。

　　寂静仍持续着。

方舟号在地球时间起程二万五千年后回到太阳系，比预定的晚了九千年。

纪念碑

穿过冥王星轨道后，方舟号继续飞向太阳系深处，对于一艘恒星际飞船来说，在太阳系中的航行如同海轮行驶在港湾中。太阳很快大了亮了，先行者曾从望远镜中看了一眼木星，发现这颗大行星的表面已面目全非，大红斑不见了，风暴纹似乎更加混乱。他没再关注别的行星，径直飞向地球。

先行者用颤抖的手按动了一个按钮，高大的舷窗的不透明金属窗帘正在缓缓打开。啊，我的蓝色水晶球，宇宙的蓝眼珠，蓝色的天使……先行者闭起双眼默默祈祷着，过了很长时间，才强迫自己睁开双眼。

他看到了一个黑白相间的地球。

黑色的是熔化后又凝结的岩石，那是墓碑的黑色；白色的是蒸发后又冻结的海洋，那是殓布的白色。

方舟号进入低轨道，从黑色的大陆和白色的海洋上空缓缓越过，先行者没有看到任何遗迹，一切都被熔化了，文明已成过眼烟云。但总该留个纪念碑的，一座能耐 4000℃高温的纪念碑。

先行者正这么想，纪念碑就出现了。飞船收到了从地面发上来的一束视频信号，计算机把这信号显示在屏幕上，先行者首先看到了用耐高温摄像机拍下的两千多年前的大灾难景象。能量闪烁时，太阳并没有像他想象的那样亮度突然增强，太阳迸发出的能量主要以可见光之外的辐射传出。他看到，蓝色的天空突然变成地狱般的红色，接着又变成噩梦般的紫色；他看到，纪元城市中他熟悉的高楼群在几千度的高温中先是冒出浓烟，然

后像火炭一样发出暗红色的光，最后像蜡一样熔化了；灼热的岩浆从高山上流下，形成了一道道巨大的瀑布，无数个这样的瀑布又汇成一条条发着红光的岩浆的大河，大地上火流的洪水在泛滥；原来是大海的地方，只有蒸汽形成的高大的蘑菇云，这形状狰狞的云山下部映射着岩浆的红色，上部透出天空的紫色，在急剧扩大，很快一切都消失在这蒸汽中……

当蒸汽散去，又能看到景物时，已是几年以后了。这时，大地已从烧熔状态初步冷却，黑色的波纹状岩石覆盖了一切。还能看到岩浆河流，它们在大地上形成了错综复杂的火网。人类的痕迹已完全消失，文明如梦一样无影无踪了。又过了几年，水在高温状态下离解成的氢氧又重新化合成水，大暴雨从天而降，灼热的大地上再次蒸汽弥漫，这时的世界就像在一个大蒸锅中一样阴暗闷热和潮湿。暴雨连下几十年，大地被进一步冷却，海洋渐渐恢复了。又过了上百年，因海水蒸发形成的阴云终于散去，天空现出蓝色，太阳再次出现了。再后来，由于地球轨道外移，气温急剧下降，大海完全冻结，天空万里无云，已死去的世界在严寒中变得很宁静了。

先行者接着看到了一个城市的图像：先看到如林的细长的高楼群，镜头从高楼群上方降下去，出现了一个广场，广场上一片人海。镜头再下降，先行者看到所有的人都在仰望着天空。镜头最后停在广场正中的一个平台上，平台上站着一个漂亮姑娘，好像只有十几岁，她在屏幕上冲着先行者挥挥手，娇滴滴地喊："喂，我们看到你了，像一个飞得很快的星星！你是方舟一号？！"

在旅途的最后几年，先行者的大部分时间是在虚现实游戏中度过的。在那个游戏中，计算机接收玩者的大脑信号，根据玩者思维构筑一个三维画面，这画面中的人和物还可根据玩者的思想做出有限的活动。先行者曾在寂寞中构筑过从家庭到王国的无数个虚世界，所以现在他一眼就看出这是一幅这样的画面。但这个画面造得很拙劣，由于大脑中思维的飘忽性，这种由想象构筑的画面总有些不对的地方，但眼前这个画面中的错误太多了：首先，当镜头移过那些摩天大楼时，先行者看到有很多人从楼顶窗子中钻出，径直从几百米高处跳下来，经过让人头晕目眩的下坠，这些人都平安无事地落到地上；同时，地上有许多人一跃而起，像会轻功一样一下就跃上几层楼的高度，然后他们的脚踏上了楼壁上伸出的一小块踏板上（这样的踏板每隔几层就有一个，好像专门为此而设），再一跃，又飞上几层，就这样一直跳到楼顶，从某个窗子中钻进去。仿佛这些摩天大楼都没有门和电梯，人们就是用这种方式进出的。当镜头移到那个广场平台上时，先行者看到人海中有用线吊着的几个水晶球，那球直径可能有一米多。有人把手伸进水晶球，很轻易地抓出水晶球的一部分，在他们的手移出后晶莹的球体立刻恢复原状，而人们抓到手中的那部分立刻变成了一个小水晶球，那些人就把那个透明的小球扔进嘴里……除了这些明显的谬误外，有一点最能反映造这幅计算机画面的人思维的变态和混乱：在这城市的所有空间，都飘浮着一些奇形怪状的物体，它们大的有两三米，小的也有半米，有的像一块破碎的海绵，有的像一根弯曲的大树枝，那些东西缓慢地飘浮着，有一根大树枝飘向平台上的那个姑娘，她轻轻推开了它，那大树枝又打着转儿向远处飘去……先行者理解这些，在一个濒临毁灭的世界中，人们是不会有清晰和正常的思维的。

这可能是某种自动装置，在这大灾难前被人们深埋地下，躲过了高温和辐射，后来又自动升到这个已经毁灭的地面世界上。这装置不停地监视着太空，监测到零星回到地球的飞船时就自动发射那个画面，给那些幸存者以这样糟糕透顶又滑稽可笑的安慰。

"这么说后来又发射过方舟飞船？"先行者问。

"当然，又发射了十二艘呢！"那姑娘说。不说这个荒诞变态的画面的其他部分，这个姑娘造得倒是真不错，她那融合东西方精华的姣好的面容露出一副天真透顶的样子，仿佛她仰望的整个宇宙是一个大玩具。那双大眼睛好像会唱歌，还有她的长发，好像失重似的永远飘在半空不落下，使得她看上去像身处海水中的美人鱼。

"那么，现在还有人活着吗？"先行者问，他最后的希望像野火一样燃烧起来。

"您这样的人吗？"姑娘天真地问。

"当然是我这样的真人，不是你这样用计算机造出来的虚拟人。"

"前一艘方舟号是在七百三十年前回来的，您是最后一艘回归的方舟号了。请问您船上还有女人吗？"

"只有我一个人。"

"您是说没有女人了？！"姑娘吃惊地瞪大了眼。

"我说过只有我一人。在太空中还有没回来的其他飞船吗？"

姑娘把两只白嫩的小手儿在胸前绞着，"没有了！我好难过好难过啊，您是最后一个这样的人了，如果，呜呜……如果不克隆的话……呜呜……"这美人儿捂着脸哭起来，广场上的人群也是一片哭声。

先行者的心沉底，人类的毁灭最后证实了。

"您怎么不问我是谁呢？"姑娘又抬起头来仰望着他说，她又恢复了那副天真神色，好像转眼忘了刚才的悲伤。

"我没兴趣。"

姑娘娇滴滴地大喊，"我是地球领袖啊！"

"对，她是地球联合政府的最高执政官！"下面的人也都一齐闪电般地

　　由悲伤转为兴奋，这真是个拙劣到家的制品。

　　先行者不想再玩这种无聊的游戏了，他起身要走。

　　"您怎么这样？！首都的全体公民都在这儿迎接您，前辈，您不要不理我们啊！"姑娘带着哭腔喊。

　　先行者想起了什么，转过身来问："人类还留下了什么？"

　　"照我们的指引着陆，您就会知道！"

首都

　　先行者进入了着陆舱，把方舟号留在轨道上，在那束信息波的指引下开始着陆。他戴着一副视频眼镜，可以从其中的一个镜片上看到信息波传来的那个画面。

　　"前辈，您马上就要到达地球首都了，这虽然不是这个星球上最大的城市，但肯定是最美丽的城市，您会喜欢的！不过您的落点要离城市远些，我们不希望受到伤害……"画面上那个自称地球领袖的女孩还在喋喋不休。

　　先行者在视频眼镜中换了一个画面，显示出着陆舱正下方的区域，现在高度只有一万多米了，下面是一片黑色的荒原。

　　后来，画面上的逻辑更加混乱起来，也许是几千年前那个画面的构造者情绪沮丧到了极点，也许是发射画面的计算机的内存在这几千年的漫长岁月中老化了。画面上，那姑娘开始唱起歌来：

　　　　啊，尊敬的使者，你来自宏纪元！

　　　　辉煌的宏纪元，

伟大的宏纪元，

美丽的宏纪元，

你是烈火中消逝的梦⋯⋯

这个漂亮的歌手唱着唱着开始跳起来，她一下从平台跳上几十米的半空，落到平台上后又一跳，居然飞越了大半个广场，落到广场边上的一座高楼顶上，又一跳，飞过整个广场，落到另一边，看上去像一只迷人的小跳蚤。她有一次在空中抓住一根几米长得奇形怪状的飘浮物，那根大树干载着她在人海上空盘旋，她在上面优美地扭动着苗条的身躯。

下面的人海沸腾起来，所有人都大声合唱："宏纪元，宏纪元⋯⋯"每个人轻轻一跳就能升到半空，以至整个人群看起来如撒到振动鼓面上的一片沙子。

先行者实在受不了了，他把声音和图像一起关掉。他现在知道，大灾难前的人们嫉妒他们这些跨越时空的幸存者，所以做了这些变态的东西来折磨他们。但过了一会儿，当那画面带来的烦恼消失一些后，当感觉到着陆舱接触地面的振动时，他产生了一个幻觉：也许他真的降落在一个高空看不清楚的城市中？当他走出着陆舱，站在那一望无际的黑色荒原上时，幻觉消失，失望使他浑身冰冷。

先行者小心地打开宇航服的面罩，一股寒气扑面而来，空气很稀薄，但能维持人的呼吸。气温在摄氏零下40℃左右。天空呈一种大灾难前黎明和黄昏时的深蓝色，但现在太阳正在空中照耀着，先行者摘下手套，没有感到它的热力。由于空气稀薄，阳光散射较弱，天空中能看到几颗较亮的星星。脚下是刚凝结了两千年左右的大地，到处可见岩浆流动的波纹形状，地面虽已开始风化，仍然很硬，土壤很难见到。这带波纹的大地伸向天边，其间有一些小小的丘陵。在另一个方向，可以看到冰封的大海在地平线处闪着白光。

先行者仔细打量四周，看到了信息波的发射源，那儿有一个镶在地面岩石中的透明半球护面，直径大约有一米，半球护面下似乎扣着一片很复杂的结构。他还注意到远处的地面上还有几个这样的透明半球，相互之间相隔二三十米，像地面上的几个大水泡，反射着阳光。

先行者又在他的左镜片中打开了画面，在计算机的虚拟世界中，那个恬不知耻的小骗子仍在那根飘浮在半空中的大树枝上忘情地唱着扭着，并不时向他送飞吻，下面广场上所有的人都在向他欢呼。

> 宏伟的宏纪元！
>
> 浪漫的宏纪元！
>
> 忧郁的宏纪元！
>
> 脆弱的宏纪元！

先行者木然地站着，深蓝色的苍穹中，明亮的太阳和晶莹的星星在闪耀，整个宇宙围绕着他——最后一个人类。

孤独像雪崩一样埋住了他，他蹲下来捂住脸抽泣起来。

歌声戛然而止，虚拟画面中的所有人都关切地看着他，那姑娘骑在半空中的大树枝上，突然嫣然一笑。

"您对人类就这么没信心吗？"

这话中有一种东西使先行者浑身一震，他真的感觉到了什么，站起身来。他突然注意到，左镜片画面中的城市暗了下来，仿佛阴云在一秒钟内遮住了天空。他移动脚步，城市立即亮了起来。他走到那个透明半球，附身向里面看，他看不清里面那些密密麻麻的细微结构，但看到左镜片中的画面上，城市的天空立刻被一个巨大的东西占据了。

那是他的脸。

"我们看到您了！您能看清我们吗？！去拿个放大镜吧！"姑娘大叫起来，广场上人海再次沸腾起来。

先行者明白了一切。他想起了那些跳下高楼的人们，在微小环境下重力是不会造成伤害的，同样，在那样的尺度下，人也可以轻易地跃上几百米（几百微米？）的高楼。那些大水晶球实际上就是水，在微小的尺度下水的表面张力处于统治地位，那是一些小水珠，人们从这些水珠中抓出来喝的水珠就更小了。城市空间中飘浮的那些看上去有几米长的奇怪东西，包括载着姑娘飘浮的大树枝，只不过是空气中细微的灰尘。

那个城市不是虚拟的，它就像两万五千年前人类的所有城市一样真实，它就在这个一米直径的半球形透明玻璃罩中。

人类还在，文明还在。

在微型城市中，飘浮在树枝上的姑娘——地球联合政府最高执政官，向几乎占满整个宇宙的先行者自信地伸出手来。

"前辈，微纪元欢迎您。"

微人类

"在大灾难到来前的一万七千年中，人类想尽了逃生的办法，其中最容易想到的是恒星际移民，但包括您这艘在内的所有方舟飞船都没有找到带

有可居住行星的恒星。即使找到了，以大灾难前一个世纪人类的宇航技术，连移民千分之一的人类都做不到。另一个设想是移居到地层深处，躲过太阳能量闪烁后再出来。这不过是拖长死亡的过程而已，大灾难后地球的生态系统将被完全摧毁，养活不了人类的。

"有一段时期，人们几乎绝望了。但某位基因工程师的脑海中闪现了这样一个火花：如果把人类的体积缩小十亿倍会怎么样？这样人类社会的尺度也缩小了十亿倍，只要有很微小的生态系统，消耗很微小的资源就可生存下来。很快全人类都意识到这是拯救人类文明唯一可行的办法。这个设想是以两项技术为基础的，其一是基因工程，在修改人类基因后，人类将缩小至 10 微米左右，只相当于一个细胞大小，但其身体的结构完全不变。做到这点是完全可能的，人和细菌的基因本来就没有太大的差别；另一项是纳米技术，这是一项在二十世纪就发展起来的技术，那时人们已经能造出细菌大小的发电机了，后来人们可以在纳米尺度造出从火箭到微波炉的一切设备，只是那些纳米工程师做梦都不会想到他们的产品的最后用途。

"培育第一批微人类似于克隆：从一个人类细胞中抽取全部遗传信息，然后培育出同主体一模一样的微人，但其体积只是主体的十亿分之一。以后他们就同宏人（微人对你们的称呼，他们还把你们的时代叫宏纪元）一样生育后代了。

"第一批微人的亮相极富戏剧性，有一天，大约是您的飞船起航后一万二千年吧，全球的电视上都出现了一个教室，教室中有三十个孩子在上课，画面极其普通，孩子是普通的孩子，教室是普通的教室，看不出任何特别之处。但镜头拉开，人们发现这个教室是放在显微镜下拍摄的……"

"我想问，"先行者打断最高执政官的话，"以微人这样微小的大脑，能

达到宏人的智力吗？”

“那么您认为我是个傻瓜了？鲸鱼也并不比您聪明！智力不是由大脑的大小决定的，以微人大脑中在原子数目和它们的量子状态的数目来说，其信息处理能力是像宏人大脑一样绰绰有余的……嗯，您能请我们到那艘大飞船去转转吗？”

“当然，很高兴，可……怎么去呢？”

“请等我们一会儿！”

于是，最高执政官跳上了半空中一个奇怪的飞行器，那飞行器就像一片带螺旋桨的大羽毛。接着，广场上的其他人也都争着向那片“羽毛”上跳。这个社会好像完全没有等级观念，那些从人海中随机跳上来的人肯定是普通平民，他们有老有少，但都像最高执政官姑娘一样一身孩子气，兴奋地吵吵闹闹。这片“羽毛”上很快挤满了人，空中不断出现新的“羽毛”，每片刚出现，就立刻挤满了跳上来的人。最后，城市的天空中飘浮着几百片载满微人的“羽毛”，它们在最高执政官那片的带领下，浩浩荡荡向一个方向飞去。

先行者再次伏在那个透明半球上方，仔细地观察着里面的微城市。这一次，他能分辨出那些摩天大楼了，它们看上去像一片密密麻麻的直立的火柴棍。先行者穷极自己的目力，终于分辨了那些像羽毛的交通工具，它们像一杯清水中飘浮的细小的白色微粒，如果不是几百片一群，根本无法分辨出来。凭肉眼看到人是不可能的。

在先行者视频眼镜的左镜片中，那由一个微人摄像师用小得无法想象的摄像机实况拍摄的画面仍很清晰，现在那摄像师也在一片“羽毛”上。先行者发现，在微城市的交通中，碰撞是一件随时都在发生的事。那群快速飞行的“羽毛”不时互相撞在一起，撞在空中飘浮的巨大尘粒上，甚至不时迎面撞到高耸的摩天大楼上！但飞行器和它的乘员都安然无恙，似乎没有人去注意这种碰撞。其实这是个初中生都能理解的物理现象：物体的尺度越小，整体强度就越高，两辆自行车碰撞与两艘万吨轮碰撞的后果是完全不一样的，如果两粒尘埃相撞，它们会毫无损伤。微世界的人们似乎都有金刚之躯，毫不担心自己会受伤。当"羽毛"群飞过时，旁边的摩天大楼上不时有人从窗中跃出，想跳上其中的一片，这并不总是能成功的，于是那人就从几百米处开始了令先行者头晕目眩的下坠，而那些下坠中的微人，还在神情自若地同经过的大楼窗子中和熟人打招呼！

"呀，您的眼睛像黑色的大海，好深好深，带着深深的忧郁呢！您的忧郁罩住了我们的城市，您把它变成一个博物馆了！呜呜呜……"最高执政官又伤心地哭了起来，别的人也都同她一起哭，任他们乘坐的"羽毛"在摩天大楼间撞来撞去。

先行者也从左镜片中看到了城市的天空中自己那双巨大的眼睛，那放大了上亿倍的忧郁深深震撼了他自己。"为什么是博物馆呢？"先行者问。

"因为只有在博物馆中才有忧郁，微纪元是无忧无虑的纪元！"地球领袖高声欢呼，尽管泪滴还挂在她那娇嫩的脸上，但她已完全没有悲伤的痕迹了。

"我们是无忧无虑的纪元！！"其他人也都忘情地欢呼起来。

先行者发现，微纪元人类的情绪变化比宏纪元快上百倍，这变化主要表现在悲伤和忧郁这类负面情绪上，他们能在一瞬间从这种情绪中跃出。还有一个发现让他更惊奇：由于这类负面情绪在这个时代十分少见，以至于微人们把它当成了稀罕物，一有机会就迫不及待地去体验。

"您不要像孩子那样忧郁，您很快就会发现，微纪元没有什么可忧虑的！"

这话使先行者万分惊奇，他早看到微人的精神状态很像宏时代的孩子，但孩子的精神状态还要夸张许多倍才真正像他们。"你是说，在这个时代，人们越长越……越幼稚？！"

"我们越长越快乐！"领袖女孩说。

"对，微纪元是越长越快乐的纪元！"众人大声应和着。

"但忧郁也是很美的，像月光下的湖水，它代表着宏时代的田园爱情，呜呜呜……"地球领袖又大放悲声。

"对，那是一个多美的时代啊！"其他微人也眼泪汪汪地附和着。

先行者笑起来，"你们根本不知道什么是忧郁，小人儿，真正的忧郁是哭不出来的。"

"您会让我们体验到的！"最高执政官又恢复到兴高采烈的状态。

"但愿不会。"先行者轻轻地叹息说。

"看，这就是宏纪元的纪念碑！" 当"羽毛"群飞过另一个城市广场时，最高执政官介绍说。先行者看到那个纪念碑是一根粗大的黑色柱子，有过去的巨型电视塔那么粗，表面覆盖着无数片车轮大小的黑色巨瓦，叠合成鱼鳞状，高耸入云，他看了好长时间才明白，那是一根宏人的头发。

宴会

"羽毛"群从半球形透明罩上的一个看不见的出口飞了出来，这时，最高执政官在视频画面中对先行者说："我们距您那个飞行器有一百多公里呢，我们还是落到您的手指上，您把我们带过去快些。"

先行者回头看看身后不远处的着陆舱，心想他们可能把计量单位也都微缩了。他伸出手指，"羽毛"群落了上来，看上去像是在手指上飘落了一

小片细小的白色粉末。

从视频画面中先行者看到，自己的指纹如一道道半透明的山脉，降落在其上的"羽毛"飞行器显得很小。最高执政官第一个从"羽毛"上跳下来，立刻摔了个四脚朝天。

"太滑了，您是油性皮肤！"她抱怨着，脱下鞋子远远地扔出去，光着脚丫好奇地来回转着，其他人也都下了"羽毛"，手指上的半透明山脉间现在有了一片人海。先行者粗略估计了一下，他的手指上现在有一万多人！

先行者站起来，伸着手指小心翼翼地向着陆舱走去。

刚进入着陆舱，微人群中就有人大喊："哇，看那金属的天空，人造的太阳！"

"别大惊小怪，像个白痴！这只是小渡船，上面那个才大呢！"最高执政官训斥道，但她自己也惊奇地四下张望，然后又同众人一起唱起那支奇怪的歌来：

辉煌的宏纪元，

伟大的宏纪元，

忧郁的宏纪元，

你是烈火中消逝的梦……

在着陆舱起飞飞向方舟号的途中，地球领袖继续讲述微纪元的历史。

"微人社会和宏人社会共存了一个时期，在这段时间里，微人完全掌握了宏人的知识，并继承了他们的文化。同时，微人在纳米技术的基础上，发展起了一个十分先进的技术文明。这宏纪元向微纪元的过渡时期大概有，嗯，二十代人左右吧。

"后来，大灾难临近，宏人不再进行传统生育了，他们的数量一天天减少；而微人的人口飞快增长，社会规模急剧增大，很快超过了宏人。这时，微人开始要求接管世界政权，这在宏人社会中激起了轩然大波，顽固派们拒绝交出政权，用他们的话说，怎么能让一帮细菌领导人类。于是，在宏人和微人之间爆发了一场世界大战！"

"那对你们可太不幸了！"先行者同情地说。

"不幸的是宏人，他们很快就被击败了。"

"这怎么可能呢？他们一个人用一把大锤就可以捣毁你们一座上百万人的城市。"

"可微人不会在城市里同他们作战的。宏人的那些武器对付不了微人这样看不见的敌人，他们能使用的唯一武器就是消毒剂，而他们在整个文明史上一直用这东西同细菌作战，最后也并没有取得胜利。他们现在要战胜的是有他们一样智力的微人，取胜就更没可能了。他们看不到微人军队的调动，而微人可以轻而易举地在他们眼皮底下腐蚀掉他们的计算机的芯片，没有计算机，他们还能干什么呢？大不等于强大。"

"现在想想是这样。"

"那些战犯得到了应有的下场，几千名微人的特种部队带着激光钻头空降到他们的视网膜上……"领袖女孩恶狠狠地说。

"战后，微人取得了世界政权，宏纪元结束了，微纪元开始了！"

"真有意思！"

登陆舱进入了近地轨道上的方舟号，微人们乘着"羽毛"四处观光，这艘飞船之巨大令微人们目瞪口呆。先行者本想从他们那里听到赞叹的话，

但最高执政官这样告诉他自己的感想：

"现在我们知道，就是没有太阳的能量闪烁，宏纪元也会灭亡的。你们对资源的消耗是我们的几亿倍！"

"但这艘飞船能够以接近光速的速度飞行，可以到达几百光年远的恒星，小人儿，这件事，只能由巨大的宏纪元来做。"

"我们目前确实做不到，我们的飞船目前只能达到光速的十分之一。"

"你们能宇宙航行？！"先行者大惊失色。

"当然不如你们。微纪元的飞船队最远到达金星，刚收到他们的信息，说那里现在比地球更适合居住。"

"你们的飞船有多大？"

"大的有你们时代的，嗯，足球那么大，可运载十几万人；小的吗，只有高尔夫球那么大，当然是宏人的高尔夫球。"

现在，先行者最后的一点优越感荡然无存了。

"前辈，您不请我们吃点什么吗？我们饿了！"当所有"羽毛"飞行器重新聚集到方舟号的控制台上时，地球领袖代表所有人提出要求，几万个微人在控制台上眼巴巴地看着先行者。

"我从没想到会请这么多人吃饭。"先行者笑着说。

"我们不会让您太破费的！"女孩怒气冲冲地说。

先行者从贮藏舱拿出一听午餐肉罐头，打开后，他用小刀小心地剜下一小块，放到控制台上那一万多人的旁边，他们能看到他们所在的位置，那是控制台上一小块比硬币大些的圆形区域，那区域只是光滑度比周围差些，像在上面呵了口气一样。

"怎么拿出这么多？这太浪费了！"地球领袖指责道，从面前的大屏幕上可以看到，在她身后，人们涌向一座巍峨的肉山，从那粉红色的山体里抓出一块块肉来大吃着。再看看控制台上，那小块肉丝毫不见减少。屏幕上，拥挤的人群很快散开了，有人还把没吃完的肉扔掉，领袖女孩拿着一块咬了一口的肉摇摇头。

"不好吃。"她评论说。

"当然，这是生态循环机中合成的，味道肯定好不了。"先行者充满歉意地说。

"我们要喝酒！"地球领袖又提出要求，这又引起了微人们的一片欢呼。先行者吃惊不小，因为他知道酒是能杀死微生物的！

"喝啤酒吗？"先行者小心翼翼地问。

"不，喝苏格兰威士忌或莫斯科伏特加！"地球领袖说。

"茅台酒也行！"有人喊。

先行者还真有一瓶茅台酒，那是他自起航时一直保留在方舟号上，准备在找到新殖民行星时喝的。他把酒拿出来，把那白色瓷瓶的盖子打开，小心地把酒倒在盖子中，放到人群的边上。他在屏幕上看到，人们开始攀登瓶盖那道似乎高不可攀的悬崖绝壁，光滑的瓶盖在微尺度下有大块的突出物，微人用他们上摩天大楼的本领很快攀到了瓶盖的顶端。

"哇，好美的大湖！"微人们齐声赞叹。从屏幕上，先行者看到那个广阔酒湖的湖面由于表面张力而呈巨大的弧形。微人记者的摄像机一直跟着最高执政官，这个女孩先用手去抓酒，但够不着，她接着坐到瓶盖沿上，用一只白嫩的小脚在酒面上划了一下，她的脚立刻包在一个透明的酒珠里，她把脚伸上来，用手从脚上那个大酒珠里抓出了一个小酒珠，放进嘴里。

"哇，宏纪元的酒比微纪元好多了。"她满意地点点头。

"很高兴我们还有比你们好的东西，不过你这样用脚够酒喝，太不卫生了。"

"我不明白。"她不解地仰望着他。

"你光脚走了那么长的路，脚上会有病菌什么的。"

"啊，我想起来了！"地球领袖大叫一声，从旁边一个随行者的手中接过一个箱子，她把箱子打开，从中取出一个活物，那是一个足球大小的圆家伙，长着无数只乱动的小腿，她抓着其中一只小腿把那东西举起来。"看，这是我们的城市送您的礼物！乳酸鸡！"

先行者努力回忆着他的微生物学知识，"你说的是……乳酸菌吧！"

"那是宏纪元的叫法，这就是使酸奶好吃的动物，它是有益的动物！"

"有益的细菌。"先行者纠正说，"现在我知道细菌确实伤害不了你们，我们的卫生观念不适合微纪元。"

"那不一定，有些动物，呵，细菌，会咬人的，比如大肠肝狼，战胜它们需要体力，但大部分动物，像酵母猪，是很可爱的。"地球领袖说着，又从脚上取下一团酒珠送进嘴里。当她抖掉脚上剩余的酒球站起来时，已喝得摇摇晃晃了，舌头也有些打不过转来。

"真没想到人类连酒都没有失传！"

"我……我们继承了人类所有美好的东西，但那些宏人却认为我们无权代……代表人类文明……"地球领袖可能觉得天旋地转，又一屁股坐在地上。

"我们继承了人类所有的哲学，西方的，东方的，希腊的，中国的！"

人群中有一个声音说。

地球领袖坐在那儿向天空伸出双手大声朗诵着："没人能两次进入同一条河流；道生一，一生二，二生三，三生万……万物！"

"我们欣赏梵高的画，听贝多芬的音乐，演莎士比亚的戏剧！"

"活着还是死了，这是个……是个问题！"领袖女孩又摇摇晃晃站起，扮演起哈姆雷特来。

"但在我们的纪元，你这样儿的女孩是做梦也当不了世界领袖的。"先行者说。

"宏纪元是忧郁的纪元，有着忧郁的政治；微纪元是无忧无虑的纪元，需要快乐的领袖。"最高执政官说，她现在看起来清醒了许多。

"历史还没……没讲完，刚才讲到，哦，战争，宏人和微人间的战争，后来微人之间也爆发过一次世界大战……"

"什么？不会是为了领土吧？"

"当然不是，在微纪元，要是有什么取之不尽的东西的话，就是领土了。是为了一些……一些宏人无法理解的事，在一场最大的战役中，战线长达……哦，按你们的计量单位吧，一百多米，那是多么广阔的战场啊！"

"你们所继承的宏纪元的东西比我想象的多多了。"

"再到后来，微纪元就集中精力为即将到来的大灾难做准备了。微人用了五个世纪的时间，在地层深处建造了几千座超级城市，每座城市在您看来是一个直径两米的不锈钢大球，可居住上千万人。这些城市都建在地下八万公里深处……"

"等等，地球半径只有六千公里。"

"哦，我又用了我们的单位，那是你们的，嗯，八百米深吧！当太阳能量闪烁的征兆出现时，微世界便全部迁移到地下。然后，然后就是大灾难了。

"在大灾难后的四百年，第一批微人从地下城中沿着宽大的隧道（大约有宏人时代的自来水管的粗细）用激光钻透凝结的岩浆来到地面，又过了五个世纪，微人在地面上建起了人类的新世界，这个世界有上万个城市，一百八十亿人口。

"微人对人类的未来是乐观，这种乐观之巨大之毫无保留，是宏纪元的人们无法想象的。这种乐观的基础，就是微纪元社会尺度的微小，这种微小使人类在宇宙中的生存能力增强了上亿倍。比如您刚才打开的那听罐头，够我们这座城市的全体居民吃一到两年，而那个罐头盒，又能满足这座城市一到两年的钢铁消耗。"

"作为一个宏纪元的人，我更能理解微纪元文明这种巨大的优势，这是神话，是史诗！"先行者由衷地说。

"生命进化的趋势是向小的方向，大不等于伟大，微小的生命更能同大自然保持和谐。巨大的恐龙灭绝了，同时代的蚂蚁却生存下来。现在，如果有更大的灾难来临，一艘像您的着陆舱那样大小的飞船就可能把全人类运走，在太空中一块不大的陨石上，微人也能建立起一个文明，创造一种过得去的生活。"

沉默了许久，先行者对着他面前占据硬币般大小面积的微人人海庄严地说："当我再次看到地球时，当我认为自己是宇宙中最后一个人时，我是全人类最悲哀的人，哀莫大于心死，没有人曾面对过那样让人心死的境地。但现在，我是全人类最幸福的人，至少是宏人中最幸福的人，我看到了人类文明的延续，其实用文明的延续来形容微纪元是不够的，这是人类文明的升华！我们都是一脉相传的人类，现在，我请求微纪元接纳我作为你们社

会中一名普通的公民。"

"从我们探测到方舟号时我们已经接纳您了，您可以到地球上生活，微纪元供应您一个宏人的生活还是不成问题的。"

"我会生活在地球上，但我需要的一切都能从方舟号上得到，飞船的生态循环系统足以维持我的残生了，宏人不能再消耗地球的资源了。"

"但现在情况正在好转，除了金星的气候正变得适于人类外，地球的气温也正在转暖，海洋正在融化，可能到明年，地球上很多地方将会下雨，将能生长植物。"

"说到植物，你们见过吗？"

"我们一直在保护罩内种植苔藓，那是一种很高大的植物，每个分枝有十几层楼高呢！还有水中的小球藻……"

"你们听说过草和树木吗？"

"您是说那些像高山一样巨大的宏纪元植物吗？唉，那是上古时代的神话了。"

先行者微微一笑，"我要办一件事情，回来时，我将给你们看我送给微纪元的礼物，你们会很喜欢那些礼物的！"

新生

先行者独自走进了方舟号上的一间冷藏舱，冷藏舱内整齐地摆放着高大的支架，支架上放着几十万个密封管，那是种子库，其中收藏了地球上几十万种植物的种子，这是方舟号准备带往遥远的移民星球上去的。还有几排支架，那是胚胎库，冷藏了地球上十几万种动物的胚胎细胞。

明年气候变暖时，先行者将到地球上去种草，这几十万类种子中，有生命力极强的能在冰雪中生长的草，它们肯定能在现在的地球上种活的。

只要地球的生态能恢复到宏时代的十分之一，微纪元就拥有了一个天堂中的天堂，事实上地球能恢复的可能远不止于此。先行者沉醉在幸福的想象之中，他想象着当微人们第一次看到那棵顶天立地的绿色小草时的狂喜。那么一小片草地呢？一小片草地对微人意味着什么？一个草原！一个草原又意味着什么？那是微人的一个绿色的宇宙了！草原中的小溪呢？当微人们站在草根下看着清澈的小溪时，那在他们眼中是何等壮丽的奇观啊！地球领袖说过会下雨，会下雨就会有草原，就会有小溪的！还一定会有树，天啊，树！先行者想象一支微人探险队，从一棵树的根部出发开始他们漫长而奇妙的旅程，每一片树叶，对他们来说都是一个一望无际的绿色平原……还会有蝴蝶，它的双翅是微人眼中横贯天空的彩云；还会有鸟，每一声啼鸣在微人耳中都是一声来自宇宙的洪钟……是的，地球生态资源的千亿分之一就可以哺育微纪元的一千亿人口！现在，先行者终于理解了微人们向他反复强调的一个事实。

微纪元是无忧无虑的纪元。

没有什么能威胁到微纪元，除非……

先行者打了一个寒战，他想起了自己要来干的事，这事一秒钟也不能耽搁了。他走到一排支架前，从中取出了一百支密封管。

这是他同时代人的胚胎细胞，宏人的胚胎细胞。

先行者把这些密封管放进激光废物焚化炉，然后又回到冷藏库仔细看了好几遍，他在确认没有漏掉这类密封管后，回到焚化炉边，毫不动感情地，他按动了按钮。

在激光束几十万度的高温下，装有胚胎的密封管瞬间汽化了。

《暖心美读书》（名师导读美绘版）书目

序号	书名	作者
1	朝花夕拾	鲁迅
2	故乡	鲁迅
3	风筝	鲁迅
4	小橘灯	冰心
5	繁星·春水	冰心
6	荷塘月色	朱自清
7	城南旧事	林海音
8	呼兰河传	萧红
9	端午的鸭蛋	汪曾祺
10	鸟的天堂	巴金
11	落花生	许地山
12	济南的冬天	老舍
13	骆驼祥子	老舍
14	稻草人	叶圣陶
15	边城	沈从文
16	白鹅	丰子恺
17	丁香结	宗璞
18	我的童年	季羡林
19	顶碗少年	赵丽宏
20	心中的桃花源	梁衡
21	春酒·桂花雨	琦君
22	生命的化妆	林清玄
23	心是一只美丽的小箱子	毕淑敏
24	母亲的羽衣	张晓风
25	乡愁	余光中
26	珍珠鸟	冯骥才
27	你若盛开，蝴蝶自来	丁立梅
28	热爱生命	汪国真
29	微纪元	刘慈欣
30	假如给我三天光明	（美）海伦·凯勒 著 张雪峰 译

31	巨人的花园	（英）奥斯卡·王尔德 著 竞择 译
32	飞鸟集	（印）泰戈尔 著 郑振铎 冰心 译
33	名人传	（法）罗曼·罗兰 著 陈筱卿 译
34	培根随笔	（英）培根 著 周英 等 译
35	福尔摩斯探案集	（英）柯南·道尔 著 陈建华 译
36	去年的树	（日）新美南吉 著 朝颜 译
37	大林和小林	张天翼
38	宝葫芦的秘密	张天翼
39	我们的母亲叫中国	苏叔阳
40	霹雳贝贝	张之路
41	第七条猎狗	沈石溪
42	蟋蟀	任大霖
43	"下次开船"港	严文井
44	小兵张嘎	徐光耀
45	小英雄雨来	管桦
46	神笔马良	洪汛涛
47	妹妹的红雨鞋	林焕彰
48	我不是坏小孩·班长下台	桂文亚
49	外婆叫我毛毛	梅子涵
50	鱼灯	高洪波
51	我要做好孩子	黄蓓佳
52	今天我是升旗手	黄蓓佳
53	小水的除夕	祁智
54	纸人	殷健灵
55	开开的门	金波
56	一百个中国孩子的梦	董宏猷
57	十四岁的森林	董宏猷
58	少年的荣耀	李东华
59	校园三剑客	杨鹏
60	魔法学校·三眼猫	葛竞
61	魔法学校·小女巫	葛竞

联系电话：027-87679354　87679949